現代魔法師
07

本作主角，一名普通的大學生，
個性有點優柔寡斷，但內心充滿正義感。
與藤原綾搭檔組成【神劍除靈事務所】。
雖為神劍「軒轅劍」的繼承者，但魔力少得可憐，
然而其「結界破壞」的能力卻是超級外掛。

從阿宅進化(?)成功的**陳佐維**

正宮地位穩固的**綾兒**

上古時代，某部落酋長的女兒。其父意與蚩尤部落締結姻親，
便將她嫁給陳佐維。
小倆口在初相遇便毫無準備的被人湊成對，
展開一段先結婚、後談戀愛的夫妻生活。

魔法師目錄

INDEX

NO.001

賭神師父曾經說過，最難的是變張二出來！

大戰的最後，我應該是贏了。

我打趴了全世界的魔法師，打到大會長都對我俯首稱臣，承認我在那場魔法決鬥中，成功的以一人之力單挑全世界的魔法師。

但大戰的最後，卻出現了不應該出現的狀況。

我看到披著韓太妍哥哥．韓太賢人皮的妖怪「儡」，他帶著一個我沒看過的女妖怪一起現身於大戰的現場。接著他們展現出高人一等的力量，展開一場血腥鎮壓，把現場變成人間煉獄。

並且，一腳踩在我的胸口上，踏穿了我的胸口，狠狠的將我給……

這是我眼睛閉上前看到的最後情況。

但，當我的眼睛再度睜開，剛才所提到的畫面全都不見了。

你們要知道，身為一個莫名其妙的故事裡面的男主角，常常在作者想不出怎樣打敗大魔王的時候，因為昏迷不醒而被迫強制離開戰鬥現場，清醒之後再由其他人幫忙補完戰鬥內容的情況……這種事情經常發生啊！

大概在我覺得自己變強之前，幾乎每次作戰我都會在打到一半快要高潮的時候，就因為各種意外事故導致自己昏迷不醒，然後每次又都會在三、四天後好端端的躺在醫院或者家裡的床上，聽藤原綾或者韓太妍或者公孫靜在我床邊跟我說那場戰鬥後來的結果。

通常都是這樣的，我幾乎習慣這樣的生活了。

不過這次有點不太一樣。

因為我醒來後發現自己身處在一個……很詭異的地方。

這是一頂很原始的獸皮帳篷。除了讓我躺著的獸皮以外，沒有家具，只有幾個擺在旁邊不知道幹什麼用的陶罐。帳篷沒有門窗，只有開了一個毫無遮蔽功能的洞當作出入口，一點隱私也沒有。

我身上的衣服不見了，不過也不是全裸，而是換上了用麻布做成的粗布衣。

這種經驗不用多，有過一次就夠了。距今大概四集之前，我也曾經因為發生意外而去到某個原始部落，那是一個叫做【祖靈之界】的地方。（詳情請翻閱《魔法師與祖靈的怒吼》）

這讓我沒來由的感傷了起來。我記得很清楚當初督瑪公主小黑熊國中妹曾經說過，要進入【祖靈之界】，除了我當時身上的神諭可以讓我用肉身來往之外，就只剩下死後的靈魂才可以進入。

雖然當時還有藤原綾她爸媽這兩個外掛開太大的真·世外高人也可以用肉身進入【祖

靈之界】，但對比我眼睛閉上前的畫面來回想，我猜……

……或許我已經死了。

「醒來啦！大星星醒來啦！」

當我坐在獸皮上黯然神傷的時候，剛才提到的，沒什麼遮蔽隱私效果的門外面，有個小孩子看到我坐起來就興奮的大喊大叫。接著他帶著一票的小鬼衝進帳篷裡，一群小蘿蔔頭圍著我七嘴八舌的問一些莫名其妙的問題，比方說為什麼我這麼高卻這麼瘦？或者是我從天上掉下來會不會痛之類的等等一些很莫名的、我根本不知道要怎麼回答的怪問題。

我還是擠出笑容，正要開口問他們這裡是【祖靈之界】的哪邊、督瑪族的聚落在哪裡時，從外面又傳來一道很熟悉的聲音。

「統統都出去！別吵到他休息了！」

我往門外看去，然後我就傻了。

這不只是聲音我很熟悉，出現在門外的人我更是熟悉啊！那竟然是韓太妍！

韓太妍她穿著跟我類似的粗布衣，抱著一個小嬰兒，表情有些不高興的對著帳篷裡面的小孩子嚷著。那群小孩一看到韓太妍，就「哇！」的一哄而散，沒一會兒工夫，除了那最早看到我清醒過來的小孩以外，其他人都跑得一乾二淨。

那孩子不但沒走，還跑到韓太妍面前耍賴道：「大姨！大星星是我發現的，他跟爸長好像，我有好多問題想問他！」

「要問也得等你爸問完才輪到你！你再不走，我叫你媽打你屁股！」

「又要打我屁股！還沒長大屁股就被打爛啦！」

那孩子說完，才趕快遮著屁股，生怕韓太妍會先扁他一頓似的，夾著尾巴逃跑。

接著，韓太妍搖搖頭，發出一個無奈的嘆息聲，才抱著小孩走到我身邊坐下。

這韓太妍好、好像有點不太一樣啊……先不說別的，那個小孩是什麼東西啊？是這裡的人託妳照顧的嗎？而且……為什麼妳也會在【祖靈之界】？難道說……

這讓我又把事情往最壞的方向想去。

在死之前，我已經是站上整個魔法師頂點的高手高手高高手。結果這麼一個高手高手高高手在面對「傴」這隻黑龍座下的大妖怪，以及另外一個看都沒看過的小女孩時，卻不堪一擊的直接被秒殺，更不用說那些全部都是我手下敗將的其他魔法師了……

也就更不用講，當初坐在我後方看臺上的韓太妍、公孫靜、慕容雪、藤原瞳……還有藤原綾她們了啊……

「……妳怎麼也在這裡？」我問。

聽到我這個問題，韓太妍愣了一下，然後啞然失笑。她笑著說：「我？我一直在這裡呀！你在說什麼呀？」

「妳一直在這裡？」

這下換我覺得怪了。或者該說，這個韓太妍一直讓我覺得有哪裡怪怪的，可又說不出來哪邊怪，因為她橫看豎看，就是韓太妍本人無誤，但她的氣質又跟我所熟悉的韓太妍有所不同。

於是我又問：「欸欸，別鬧了啦！妳怎麼也會在【祖靈之界】？妳該不會也那個了吧？還、還有啊……那個小孩是什麼東西啊？別人託妳顧的嗎？妳有顧過小孩嗎？」

我一連丟了好幾個問題，好像把韓太妍問傻了。她好不容易找到我問題的段落，才苦笑著說：「什麼祖靈這個那個的……你在說什麼？而且……這是我的女兒呀！你看看，很可愛對不對？」

說著，韓太妍還把「她女兒」抱到我面前，讓我看個清楚。但我只隨便看一下，就傻到不知道要說什麼才好。現在演的是哪一齣啊？我們才分開一下子，妳孩子都生出來了？魔法的世界已經神奇到這樣了嗎？

「嗚嗚哇～」

就在這個時候，韓太妍手上的小孩突然哭了出來。這一哭，韓太妍馬上很熟練的先檢查她的屁股，確定不是尿尿或者大便了之後，就把上衣掀起來直接餵小孩喝母奶，完全不在意我這個男人就在一旁……

可是她不在意不代表我不介意啊！

一看到韓太妍掀起上衣，我整個人嚇得立刻往旁邊閃開，把臉別開不去亂看些不該看到的畫面。天啊！現在到底是什麼情況？而且……

雖、雖然我生物不太好，但女人好像是真的要在生了孩子之後，才會有「母奶」能餵養孩子的，對吧？

所以那真是韓太妍的小孩囉？這到底是什麼情況啊？也太詭異了吧！

韓太妍一邊餵奶，一邊說：「你怎麼啦？」

她的語氣很稀鬆平常，但我除了嚇壞了也真的是害羞到不敢看啊！只能別過臉去，搖搖頭表示沒事。

「姐，聽說那人醒了？」

又一道熟悉的聲音傳來，是公孫靜！我轉頭看向帳篷的開口，果然見到公孫靜走了進來。雖然她只有一個人過來，但比起抱著小孩的韓太妍卻更讓我驚訝，因為……

靠！她那個肚子是怎樣？很明顯懷孕六、七個月了吧？

「是啊！妹。」

韓太妍一邊回應，一邊用衣服擦擦小孩的嘴巴，然後穿好衣服，說：「可是他怪怪的，像是瘋了一樣。不知道能問出什麼。」

公孫靜挺著大肚子向我走過來，身懷六甲的她很明顯連臉都豐腴起來，但還是漂亮到足以打趴一般民眾。因為懷孕的關係，她的穿著就不像韓太妍那樣緊繃，而是非常寬鬆的。她一路走到我身邊，然後坐了下來，用她的大眼睛打量著我，許久後才說：「……你會說話嗎？」

「他會。」韓太妍搶著幫我回答，但還是補充：「不過說的話都不知道在講什麼，所以姐到現在還不知道他是什麼。」

我試著運起軒轅心法壓下心中的震驚，等比較冷靜一點後，我猜想這兩人絕對不是韓太妍和公孫靜，只是長得很像……很像到根本就是一模一樣的那種很像啊！所以雖然明知道她們可能不是本尊，但就算再加上軒轅心法的冷靜威力，我還是覺得很怪異。

這裡肯定不會是【祖靈之界】，那麼這裡到底是哪裡？我現在是在做夢嗎？如果是的話，那我夢到這些的意義是什麼？讓我看到韓太妍的胸部嗎？這意義也太蠢了吧！

「媽！媽！他醒了！姨叫我帶妳過來看！」

我還在思考這情況代表的意義時，外面又傳來那個敢跟韓太妍耍賴的小鬼的聲音。

一聽到那小鬼在吵，韓太妍眉頭就皺了起來，對公孫靜說：「這個小壞蛋一定要打他屁股，竟然說謊呢！」

公孫靜聽了，搖搖頭笑了出來。

很快的，剛才那個小鬼又闖了進來，一看到韓太妍和公孫靜，就立刻裝作乖巧的模樣笑著說：「大姨、小姨好呀～」

韓太妍板起一張臉，說：「過來，學會說謊話了？看大姨怎麼教訓你！」

聽到韓太妍這番話，小鬼又立刻跑了出去，邊跑還邊喊：「不、不要啦！媽！大姨要打我啦！快來救我啊！我快被大姨打死了啦！」

「你這孩子怎麼亂說一通啊！」

看著韓太妍與小鬼的抬槓，一旁的公孫靜輕撫著圓滾滾的肚子，笑得花枝亂顫。

沒多久，再一道令我感到熟悉的聲音傳進帳篷。

「大姨要打死你，那也是你太皮了。」

帳篷外的女孩和韓太妍、公孫靜一樣，都穿著麻布衣。她雙手交叉在胸前，表情不太滿意的瞪著那個孩子。

這次我又再度目瞪口呆了。因為那孩子跑出去之後，口口聲聲衝著那個讓他抱著大腿的女孩喊媽……那女孩不是別人，竟然是那個從小到大都纏在我身邊、口口聲聲叫我孽緣孽緣的青梅竹馬，就是那個慕容雪啊！

我一個箭步蹭的一聲衝出帳篷，安穩的站在慕容雪面前。在場所有的女孩都被我這突如其來的、閃電一般的速度嚇到，呆呆的不敢說半句話。但眼前這慕容雪不一樣，她立刻把那小鬼往自己身後一帶，昂首挺胸瞪著我。

慕容雪凶狠的瞪著我，用充滿敵意的語氣問：「你想幹嘛？」

其、其實我也不知道我想要幹嘛啊！我就只是覺得這一切實在太莫名其妙了，所以我下意識就想衝去看看這個慕容雪，把她看得清楚仔細啊！也因此，被她這麼一凶，我馬上腦袋一片空白，完全忘記自己要幹嘛。

接著我環顧四周，就看到這裡是個原始的蠻荒部落！大家穿的都是簡陋的麻布衣，住在開個口當作門、毫無遮掩的帳篷裡面。這裡肯定不會是【祖靈之界】，因為這裡的年代比起【祖靈之界】來說，更原始、更蠻荒啊！

我突然覺得這個世界開始旋轉了起來，為什麼這次我眼睛閉起再睜開後，會來到這麼一個莫名其妙的地方？

「我……我一定是在做夢……」

做夢的時候該怎麼樣才可以醒來？我突然想到電影《全面啟動》所說的，只要在夢裡死掉，就會醒來。可是，那不就是要我自殺嘛？但是，如果我不是在做夢，又要怎麼解釋眼前的這一切？

慕容雪看我不像要傷害她和小孩，臉上的神情逐漸緩和下來，但警戒仍在。我回頭一看，抱著小孩的韓太妍、挺著大肚的公孫靜也都驚魂未定的看著我。她們三個人都是這麼的真實，真實到我根本不認為她們不存在，我沒辦法說服自己這不是現實。

但是……

我不發一語，默默的繞過慕容雪和那個「她的孩子」，運起軒轅心法讓自己冷靜，想找個地方搞清楚這到底是怎麼一回事。

沒想到我才剛要走，慕容雪就對我說：「你要去哪啊？才剛醒來，身體沒問題嗎？」

「啊啊啊啊啊啊！」

我不想再接受這一切真實得過火卻又如此不真實的聲音啊！於是我立刻摀住耳朵，抓狂似的拔腿就跑，往部落外面跑去。

我這一路跑了很遠，跑了很久。到最後，其實我並不累，但我不想跑了，就呆呆的找了塊石頭坐下，靜靜的思考這到底是什麼情況。

⊕⊕⊕　　⊕⊕⊕

我的名字叫做「陳佐維」，半年前因為撞破了女魔法師藤原綾的結界，而就此踏入了魔法師的世界。後來我成為「神劍．軒轅劍」的繼承者，冒險旅程一路上又相識了公孫靜、韓太妍等幾位紅粉知己，最後更成為了打敗全世界魔法師的勝利者。

然而，就在我成為勝利者之後，我真正要打敗的大魔王「黑龍」，竟然派出牠的使者「傴」，帶著一個我沒看過的小女生過來，把我當場殺死……

可是我卻沒有死。

我好端端的活過來了，而且還跑到這個奇怪的時空，跑來這個莫名其妙的世界。這其中肯定有什麼關鍵，肯定有什麼事情在我死前發生，然後才會變成現在這個樣子。

想啊！陳佐維，想啊！快想啊！在你死前到底發生過什麼事情啊？

我拚了命的想破頭，終於擠出一點在我死前曾經發生過的某個重要事件，那就是……

……軒轅劍斷了。

不對，不只是斷了這麼簡單。

軒轅劍被那個小女生震成碎片，然後灑在我身上，陪葬。

「軒轅劍！」

我站了起來，對著空無一物的曠野張著喉嚨放聲大吼著。

「軒轅劍你出來啊啊啊啊啊啊——！」

這聲音大到我喉嚨都快喊破了，甚至聽到遠方山谷傳來的回音，卻還是沒有人回應我。於是我又呆呆的坐回石頭上，繼續思考著。

老實講，我很訝異我現在還可以這麼冷靜的思考，大概是因為死都死過了，沒啥好怕了吧？人生在世最怕的就是死了，既然已經死過了，還怕什麼？再死一次嗎？

總之，我想了半天，我覺得我自己來到這裡的關鍵一定跟軒轅劍有關，而且它這麼做一定有它的意義。但我要在這裡做什麼？或者說，我該做什麼？而且，軒轅劍在哪裡？

我連這裡是哪裡都不知道，我能做什麼？難道就因為導演捨不得寫完這故事，硬是要多湊一段穿越故事出來，我才出現在這裡的嗎？那這還叫做《現代魔法師》嗎？跟現代、跟魔法一點關係都沒有了啊！

最低能的事情是，都發生了這種事情，我竟然還可以吐槽！

「就是你吧？」

一道很詭異的聲音傳來。

之所以說詭異，是因為這男聲好像很耳熟，但我又想不起來在哪裡聽過。我轉頭看了過去，才發現在我思考之際，已經有一團隊的人來到我身邊不遠處。他們都穿著粗麻布衣，拿著簡陋的長矛指著我。接著，有個小鬼跑了過來，跑到我身邊。

「你是被大姨還是小姨欺負了嗎？被欺負了跟我說，我跟爸說，讓他幫你主持公道！」

這小鬼就是慕容雪的小孩。雖然我多少也想通了這個世界應該沒有所謂的「慕容雪」這號人物，但長得這麼相像，還是讓我有一點覺得疙瘩。畢竟慕容雪跟我關係匪淺，假如她要嫁人了，我還真想知道男方到底是什麼樣子。

因此，這就讓我很想知道那個小鬼的爸爸是誰了。我朝他老爸的方向看去，結果一整天下來，最讓我錯愕的事情終於發生了。

原以為看到韓太妍帶著小嬰兒已經讓我很錯愕了，原以為看到公孫靜大肚子已經讓我很錯愕了，原以為看到慕容雪有個五、六歲的小兒子已經讓我很錯愕了……我以為我已經錯愕到沒辦法再錯愕，不管發生什麼事情都嚇不倒我了。

但我錯了。

我終於知道為什麼我會覺得那個男聲很熟悉、但又想不起來在哪聽過。原因很簡單，你們拿起自己的手機，錄一段自己說的話然後放給自己聽，你們就會聽到那很熟悉卻又陌生的聲音。

因為，我看到「我自己」，穿著粗麻衣，拿著短刀，站在我面前瞪著我。

其實仔細一看，他跟我還是有所不同。他比我強壯很多，粗麻布衣披在他身上，還是掩飾不了他身上的肌肉線條。而他整體也比我在照鏡子的時候，更多了一股我沒有的野性和霸氣。

但除此之外，我還是覺得他長得跟我一模一樣，帥得跟什麼似的。

那人似乎也愣了一下，我猜他八成也跟我有一樣的疑問。不過他很快就走了過來，我趕緊站了起來，兩個人就這麼站在一起面對面的對看。

我這一站起來，想不到連身高也分毫未差。反而是那些跟在這人身後的男人，雖然也都很壯，但都沒有我們高，大約只有一百六十五到一百七十公分左右。

他仔細打量了我半天，我也打量他半天，之後我忍不住先問：「……你是誰？」

他似乎沒想到我會先問他問題，而且問的還是這個問題。他哈哈大笑，然後回頭向後面的人說：「欸，他問我是誰啊！」

後面的人聽到他這樣說，全都笑了，甚至是那個慕容雪的小孩也笑了。他笑著巴在我的小腿上，對我說：「大星星！我爸是這個地方最強壯高大的勇士！是我們九黎八十一部族的大酋長．蚩尤！」

聽到小鬼這樣介紹，那人又再度豪邁的哈哈大笑。倒是我簡直茫然到不行啊！為什麼會是蚩尤啊？軒轅劍帶我來找蚩尤幹嘛啊？為什麼不是去找軒轅黃帝啊？蚩尤又做過什麼啊？不就是個被黃帝打敗的手下敗將嗎？

「那你又是誰？」蚩尤笑完，接著反問我一連串的問題：「叫什麼？誰的兒子？從哪裡來？」

我叫陳佐維，我爸的兒子，從臺北來的。

可是我能這樣回答嗎？雖然我歷史不好，但我也知道這年代肯定沒有什麼臺北啊！

於是我想了半天，也不知道該怎麼回答，但我馬上想到，要是這真的是蚩尤那年代，我搞不好亂做錯什麼事情，未來就會改變。我可不希望未來的史書上出現「陳佐維」這三個字啊！便隨口亂掰說：「我……我只記得我叫張三，從哪來的……我忘了。」

蚩尤眉頭一皺，正要說話，抱著我小腿的小鬼就說：「爸我知道！他是從天上掉下來的！肯定是這樣的！媽也這樣說！」

「你媽說的話能信，我就去把長江的水喝光。」蚩尤笑著輕拍那小鬼的腦袋，想要拉開他：「下來！怎麼一見面就一直抱著人家腳不放？」

「我喜歡啊！他跟爸長得好像，可是他的腳比較好抱，爸的腳太大了！」

我傻愣愣的看著蚩尤和那抱在我腳上的小孩，看著他們兩人的互動，真讓我有種快要精神錯亂的感覺。所以我把那小鬼從我腳上卸下，輕輕的推給蚩尤，然後看著他好半天，終於忍住精神崩潰的說：「我……有些問題想……想問你。」

蚩尤牽著兒子的手，對我露出善意的笑容。他笑著說：「先回去吧！聽雪兒說你一醒來就瘋癲的跑出來，怕你一個人會在外面餓死，叫我們出來尋你。先回去吧！她們已經準備好吃的在等我們，回去填飽肚子，再問吧！」

聽到雪兒這個稱呼，想也知道他在講慕容雪了。這讓我沒來由的心裡又一陣錯亂，反而有些害怕跟他回去會看到太多跟我所認識的人長得一模一樣的傢伙。才出現生了孩子的韓太妍、臭阿雪還有懷孕的公孫靜我就快「起笑」了，要是看到我更熟的人，比方說我爸和隔壁阿姨走在一起的畫面，我肯定會上去痛打他們一頓啊！

但現在我也沒別的路好走，不跟他們回去，我真的不知道該何去何從。我禮貌的微笑點頭回應，然後看著這長得跟我一模一樣的蚩尤揹起他兒子，率領勇士們回部落，而我則默默的跟在隊伍後頭一起回去。

⊕⊕⊕　⊕⊕⊕

我真的跑離部落有段距離，這回程又是邊聊天邊走，所以路途感覺滿遙遠的。聽蚩尤的小鬼——他說他叫蚩黎——說，要不是因為聽到我在鬼吼鬼叫，他們根本找不到我。

「張三，你的名字好奇怪！一點都不好聽。」

不知道為什麼，一路上蚩黎非常的黏我。蚩黎本來是給他爸蚩尤揹著，可看我一個人走在隊伍後面，就嚷著要過來看守我怕我跑掉，為此他還被蚩尤唸了一頓，說把我當成獵物了。

我搖搖頭，不知道該回答什麼。這名字也是我亂掰出來的，要不然我覺得「陳佐維」

這名字順耳到不行，可是我不能講啊！搞不好我一講出來，之後回去再看歷史故事時，會在黃帝大戰蚩尤的章節裡面看到「陳佐維」這個名字啊！

「其實張三在我那邊算是很紅的人物，粉絲一大堆。」

蚩黎愣了一下，哈哈大笑的說：「張三說話真奇怪，什麼叫做很紅？什麼叫做粉絲？是吃的嗎？」

「呃嗯……那是……啊哈哈……」

我本來想說是我家鄉話，但我才剛跟人說我忘記自己是從哪來的，所以一下子也不知道該怎麼辦，就只能打哈哈帶過。倒是蚩尤聽到蚩黎的笑聲，以為他又在欺負我，便又回頭再唸了他一頓，要他不可以這樣。

被唸了一頓之後，小蚩黎嘟著嘴，拉著我粗麻布褲的褲管，心情明顯不太好。但他倒也聽話，真的沒有再纏著我瞎聊了。

一路走回部落，天已經快黑了。部落裡面的女人和小孩都在忙碌著，到處都可以聞到晚餐的香味。打從我睡醒到現在，可以說是粒米未進，要不是有軒轅心法撐著，剛才也沒力氣走回來……

想到這裡，我不禁停下腳步，低頭運行軒轅心法，結果體內的靈氣竟然高強到我難以想像的程度！如果當初打倒全世界魔法師仰仗的是軒轅劍本身那累積了四千七百年的靈氣，而我自己本身的靈氣等於零的話，我覺得現在光是靠我自己本身的靈氣，就足夠跟貝兒單挑了！

想想還是算了，貝兒的元素魔法簡直作弊。跟作弊的人單挑你永遠贏不了的。

總之，雖然我不清楚發生了什麼事情，但我現在身上的靈氣真的很強悍。我猜這也是軒轅劍搞的。只是我不知道，為什麼軒轅劍要這麼做？

「張三！」

回到部落，蚩尤回頭看了看我，笑著說：「肚子餓了吧？」

乍聽之下我以為他是在叫別人，幸好他是看著我說話。我點頭，揉揉肚子說：「餓、餓啊！」

在我身邊的蚩黎也笑了，剛才被蚩尤責罵後的不滿神情已然煙消雲散，學我揉著肚子說：「我也餓了！剛好爸有打到大牛，今天有好吃的了！嘻嘻！」

蚩尤一臉無奈的搖搖頭，像是拿這兒子沒辦法似的說：「你可別太貪吃，沒看張三瘦成這樣，待會多給他吃點，知道嗎？」

「我正在長大，我也要吃多點啦！」

父子倆抬槓間，已走到他們的帳篷前。這時，慕容雪出來迎接了。

「怎這麼晚才回來？」慕容雪有些不高興的質問著蚩尤。

一看到慕容雪，蚩尤剛才那威武的樣子就蕩然無存，嘻皮笑臉的跑到她身邊說：「別生氣嘛！是張三真的跑太遠，我們找不到嘛！」

「他一個皮包骨，又才剛醒過來，是能跑多遠？黎兒，你爸是不是偷偷去哪玩了？老實說出來！」

蚩黎一聽到有他的戲分了，咚咚咚的跑到慕容雪身邊，拉著她的麻布褲裙說：「沒～爸很乖！他真的很認真在找張三。不過爸剛才有說媽的話都不能相信，要是可以信的話，他就要去喝長江的水。」

「沒！黎兒你怎麼亂說……」

「喝長江水是吧？」慕容雪一把將蚩黎抱了起來，露出非常親切的笑臉說：「那我親愛的酋長大人呀～今天晚上你的晚餐就留給那人吃了，你自己去長江喝水喝到飽吧！」

老實說我已經有點受不了了啊啊啊啊啊！

光看著你們夫妻倆一起出現我就快精神錯亂了，結果連互動也跟我和我那青梅竹馬那麼像是怎樣？你們假鬥嘴真放閃光彈之前都不會先警告一下的喔？

「姐還真敢說呢～剛才明明一直在外面看呢，直看到有人回來才假裝在這裡，最擔心的就是妳了吧？」

這邊，抱著女嬰的韓太妍也走出帳篷。蚩尤一看到韓太妍就好像看到救星一樣，趕緊跑到韓太妍身邊，說：「妍兒，妳快點幫忙我跟妳姐姐說幾句好聽的，妳知道我最乖了對不對？」

「是啊～不過你之前也跟靜兒說了你覺得姐有點凶，又怪姐老寵著黎兒怕把他寵壞，似乎總一直在背後抱怨姐呢～」

我靠！這韓太妍怎麼跟我認識的那個個性也一模一樣啊！

一聽到韓太妍笑嘻嘻的出賣了自己，蚩尤的臉馬上僵硬，而後面那慕容雪的殺氣也跟著暴漲起來。她抱著蚩黎說：「原來我親愛的酋長大人私底下都這樣子說我的呀？既然我凶悍到你受不了了，我看今天晚上你乾脆就去你最愛的長江邊睡吧！哼！」

蚩尤一臉對這兩個老婆沒轍的無奈樣，很洩氣的兩手一甩，悶哼一聲，然後說他要去找靜兒，就跑掉了。

一看蚩尤跑掉，韓太妍才像是知道自己的玩笑開得有些過火，便朝著蚩尤的背影喊了幾句。可蚩尤沒打算回來的樣子，於是她對慕容雪說：「真是的，也不顧這邊有客人在，說跑就跑了。」

倒是慕容雪看得挺開，聳聳肩露出笑容說：「呵……靜兒她有身孕，多去照顧一下也是應該的。反正我猜他等等就回來了，別管他……倒是……」

說著，慕容雪望向我這邊，那表情就像是要開口說話，但卻不知道要怎麼稱呼一樣。

機靈的小蚩黎馬上搶著開口說：「媽，他說他叫張三！」

「張三？好古怪的名呢……」慕容雪先是皺著眉頭，接著一邊走到我面前，一邊笑著說：「好啦好啦，看你緊張的，不要怕！肚子餓了吧？坐一下，我去取餐來給你吃。」

我突然有股衝動很想捏她的臉問她現在到底是玩哪招？就跟我們以前一樣。但我終究沒有這麼做，只是簡單的點點頭說了聲謝謝。

等慕容雪領著蚩黎離開、再回來的時候，蚩黎手上多了一個小陶盆，飄著肉香味和熱氣。他端著小陶盆朝我跑過來，將陶盆遞給我，說：「張三！吃吧！我幫你揀了最大塊的！不然你太瘦了。」

「呃……謝謝。」我接過陶盆，點點頭表示謝意。

這陶鍋裡面裝的是一團熱呼呼的爛肉泥，好像嬰兒食品那樣的東西。雖然很香，但看了就覺得引不起食慾。

蚩黎在我身邊看著，還拍拍自己的胸口說：「媽煮的肉湯是這裡最好吃的！爸每次都要吃好幾盆喔！」

我點點頭表示知道了，但喝了一口之後，我才知道那蚩尤果然超愛慕容雪的。

因為這肉湯難吃到爆炸啊！

這肉湯不但帶有淡淡的血腥味，加上那詭異的口感，我實在覺得難以下嚥，喝了一口之後還抬頭看看別人是不是也跟我一樣的反應。可是當我看到蚩黎他喝得津津有味，慕容雪和韓太妍還可以邊喝邊聊天的時候，我懷疑要不是我這碗剛好有問題，就是我的味覺有毛病。不過我又不好意思講，所以只好硬著頭皮喝完肉湯。

蚩黎一直黏在我身邊，看著我喝肉湯。我喝完了之後，他還纏著我問：「好不好喝？我就說媽最厲害了，對不對？」

其實我看著他的笑臉時內心充滿了幹意，心想這麼難吃的東西你竟然還騙我說好吃！可是小孩子看起來也不像是真的要騙我，我就笑著點點頭。

蚩黎很開心，就把自己的陶盆和我的都拿去，跑到他媽那裡說：「媽！張三說好吃，他還要再吃一盆！」

「不！不要了！」我趕緊阻止蚩黎的行為，但卻引來慕容雪那充滿殺氣的眼神，我立刻補充說：「我吃飽了！真的，妳看我這麼瘦，就知道我的食量小，吃不多！哈哈……」

「那怎麼行！」韓太妍搶著搭腔，說：「一開始我也覺得你和酋長很像，可就是那身材跟女人似的。太瘦了怎麼當個好獵人呢？黎兒，再去幫他盛一盆來！」

慕容雪也笑著點點頭，說：「是呀！我還在想怎麼可能會有人嫌我煮的東西不好吃，寧願餓死也不吃的呢！還是多吃一盆吧！」

「姐，酋長他不就寧願去喝長江水也不吃嗎？」

被韓太妍這樣調侃，慕容雪馬上白了她一眼，讓韓太妍笑得很開懷。

總之，我就這麼被半強迫的，連喝三盆。

吃到後來，慕容雪心情感覺有些不太好，雖然她不說出來，但我猜八成是跟直到吃完飯了都還沒回來的蚩尤有關。韓太妍也看出來了，所以也不急著走，就一邊掀起上衣給寶寶餵奶，一邊陪慕容雪聊天。

因為韓太妍要餵奶，所以我也不好意思看，就找個理由跑到帳篷外面看星星。

「想家嗎？」

問我問題的是小蚩黎，他也跟在我後面跑出來，巴在我小腿上，看著星星問我：「張三想家嗎？你是從天上來的。可惜你都忘了，不然我一定要問清楚是從哪個星星來的。」

想家嗎？

蚩黎這個問題問得好。

來到這個莫名其妙的時代、莫名其妙的世界，看著那些熟悉的人們有著不熟悉的人際關係，我感覺非常的錯亂。

也因此，我好想家。

可是我的家在哪裡呢？

雖然我對他們說我忘記了，但其實我沒有忘記。

我能忘記嗎？

但我卻寧願我沒有過去，我希望自己是一張白紙，不要醒來的時候才發現自己竟然身處在莫名其妙的空間，看著熟悉的人，上演不同的事。

我好想家……

我好想大家……

我就這麼看著星星迷惘著，陪小蚩黎有一搭沒一搭的聊著，聊到他直接躺在我大腿上睡著，我還在看星星。

看著星星，我突然想到，為什麼這小鬼要口口聲聲說我是從天上來的？

我低頭看著小鬼的睡臉，又抬頭看著滿天星斗，然後搖搖頭嘆了口氣。因為我自己都搞不懂我是從哪裡來到這裡的，他說什麼就是什麼吧！也因此，這問題並沒有困擾我很久，畢竟困擾我的問題還很多，這問題還有得排隊等候呢。

而且，聽說像我這樣的穿越者穿越到別的時代之後，登場的方式千奇百怪。從天而降並不是什麼太特別的花招，想想也就不覺得奇怪，便沒放在心上了。

「這孩子很喜歡你呢！」

我轉頭一看，才知道原來是蚩尤來了。

這跟照鏡子不一樣。雖然照鏡子你也會看到一模一樣的自己，但你不會希望真的看到一個長得和自己一模一樣的人出現啊！這真的讓人很想吐，要不是因為我軒轅心法的造詣很高強，我真的會吐出來。

但說到底，人家並沒有做錯什麼事情，所以我也不好意思表現出來，就只能點點頭，然後轉頭繼續看我的星星。

蚩尤到我身邊坐下，說：「張三，你不是有事情要問我嗎？趁著現在有空，問吧！」

我看了看他，然後又看著天上的星星。

我要問的事情其實很簡單。

根據經驗判斷，像我這樣穿越到古代的人歷史上有很多，大部分都沒回去，而有回去的人多半都是因為找到了當初送他們過來的關鍵，然後啟動機關就回去了。而我從剛才看星星看到現在，雖然一邊在想著大家，但我也是有在思考到底軒轅劍把我送回這裡的目的是什麼。

我猜，八成是因為它斷了！所以它要我再拿一把回去。

「……雖然我對很多事情都忘了，但除了名字以外，有件事情我一直都記得，還……滿急迫的。所以我想問你……」

為避免蚩尤懷疑，我刻意的先講一大段廢話，才說：「你知道，要去哪裡找黃帝嗎？」

沒錯，軒轅劍雖然不叫軒轅劍，但能傳到我們現代改叫軒轅劍，肯定跟黃帝有關係。至於為什麼把我送來這邊，而不是一開始就送我去黃帝那邊討劍，我相信應該是因為過了四千七百年，軒轅劍內建的 GPS 老糊塗了、壞了不中用了，座標設定錯誤導致的結果。

所以，我直接問蚩尤，我要去哪裡找黃帝。

結果蚩尤回應我：「黃帝？那是什麼？」

我吃驚的轉頭看著蚩尤，就看他一臉誠懇的說：「你說的是什麼？要去哪裡找？我怎麼會知道！」

「不是吧？你不是……等等，我想一下。」

我對蚩尤做了個暫停的手勢，讓我好好整理一下我對蚩尤還有黃帝的認識。

嚴格說起來，我對黃帝的認識很少，只知道他用什麼指南宮還是指北車的打敗凶神惡煞的大壞蛋蚩尤，然後統一中華民族。結果眼前這個蚩尤不但不是啥凶神惡煞，還是個怕老婆的大帥哥，然後他又不認識黃帝？這是為什麼呢……難道說黃帝他有別的名字？那黃帝應該叫……

「啊不然，你認識軒轅氏嗎？」我換個問法，邊從我那歷史極度不好的破腦袋裡面擠出有關黃帝的線索，邊問：「或者是，應該叫做公孫……公孫軒轅？還是姬軒轅？還是姬發？《天子傳奇》的姜子牙？呃……呃……」

蚩尤不動聲色的看著我，此時的他像是天真的大孩子一樣，沒有酋長的威嚴與霸氣，看起來跟我又更像了，簡直是在照鏡子。而根據我對我自己的了解，他八成會抓抓頭，然後說他不知道。

只見蚩尤抓抓頭，笑著搖搖頭說：「我真的不知道你在說誰，我不認識啥軒轅氏。但如果你是說帝的話，我倒認識一個帝。」

「有帝就行了啊！你認識的帝是哪個？漢光武帝嗎？」

蚩尤搖搖頭，哈哈大笑說：「神農氏，炎帝。」

神農氏！神農嚐百草的那個神農氏嗎？靠！為什麼沒有軒轅氏，卻出現了神農氏啊！

難道我會在這裡換回港漫《神兵玄奇》裡面的神農尺嗎？

NO.002

你好，我是蚩尤的第八十一個兄弟。

這天晚上我睡不好。

睡不好的原因很多，比方說因為我似乎是已經睡很久才清醒過來，所以精神很好；又比方說，蚩黎特別喜歡我這個跟他老爸長得很像的大哥哥，所以今天晚上跑到蚩尤幫我準備的帳篷裡跟我一起睡覺，然後又用挑戰人體工學極限的極差睡姿踢得我沒有柔軟的獸皮可以躺，只能躺在硬邦邦的土地上。

但最重要的，就是蚩尤竟然說，這年代沒有黃帝這個人。

我本來覺得軒轅劍把我送來這個年代，送到蚩尤這個人的地盤，就是希望我可以在這個年代去找傳說中的黃帝，找他拿一把全新的軒轅劍回去。意思就是說我要離開這裡的希望、我要拿到軒轅劍的希望，就是要先找到軒轅劍第一任主人——軒轅黃帝才是。

結果這年代沒有這個人。

馬的，我真的想破頭也沒想到，我在闖關遊戲碰上的難題，竟然是遊戲設計者根本就沒有把破關關鍵放進遊戲中，這遊戲根本未完成啊！

不過，就算一夜沒睡，我也不會累。因為軒轅心法的關係，我的精神很好。

在我翻來覆去胡思亂想的時候，天也漸漸的亮了。神奇的事情是，天才剛亮，這部落的人似乎就醒來了，逐漸有活動的聲音。

其實也沒多神奇，古人本來就是日出而作，日落而息。老實說，要是一個古代人來到現代，發現我們每天都睡到七點才去上班，那才會覺得怪。

既然有人醒了，我也坐了起來。看了看獸皮上那睡到連口水都流出來的小蚩黎，沒吵醒他，我自己先離開了帳篷，出去外面看看。

我走出帳篷，看到部落裡的男人們已經聚在一起，一邊聊天、一邊整理裝備，看起來好像要去打獵的樣子。他們一看到我，就停止了聊天，然後直直的盯著我瞧。我也不知道要說什麼，禮貌性的點點頭，便繼續逛我的大街。

沒什麼目的的亂晃，竟然也讓我不小心晃到了蚩尤的帳篷去。由於這年代還沒有所謂的門，所以我毫無阻礙的就可以看到帳篷裡面，慕容雪和韓太妍兩人一起溫柔的幫蚩尤換衣服。

這讓我看得有點出神，思緒有點飄到五千年後的現代，不免讓我又混上一絲絲想家的情緒。

「張三，張三！張三！」

「呃，啊？」

蚩尤叫了半天，我才終於會意過來，才終於發現他在叫的是我。沒辦法，這是我當張三的第二天，我還是不太能適應這樣的稱呼啊！

我清醒過來的時候，蚩尤已經站在我面前笑著了，他笑著說：「你在想什麼啊？雪兒說你看起來很難過，是想到什麼了嗎？」

我搖搖頭，苦笑道：「沒啦……大概是因為還沒完全復原，我一直會失神發呆……」

蚩尤突然用力的拍打我肩膀兩側，哈哈大笑說：「那是因為你太瘦啦！跟女人似的。看我，你看看！」

說著，他還刻意秀給我看他手臂的肌肉。

真的不是我在講，他的肌肉發達到好像經過千錘百鍊，但又不會因為太發達而難看，反正整個身材比例好到嚇人。

「怎麼樣？這都是雪兒的功勞啊！我們這裡就她煮的肉湯最好吃，我每天都要吃好幾盆啊！」

「……我昨天有吃了，很好吃……嗯。」

我只是客套的回應，因為那肉湯……應該說肉泥，真的是難吃到我覺得你能天天吃是很強大的事情。

「還在多說什麼呢？再不去打獵，獵物都跑光了，你要我們一家晚上吃什麼？」

聊到一半，帳篷裡的慕容雪走了出來，在蚩尤身邊斥道：「比女人還愛聊天！別忘了黎兒說他想要獸骨項鍊呢！」

「啊哈哈！雪兒說得是。我今天一定打到大豹子，給黎兒和晴兒各做一條！」說完，蚩尤還開心的在慕容雪臉頰上親了一下，然後勾著我的肩膀要走。

結果這個時候，慕容雪卻說：「站住，張三留在這。」

「咦？」聽到慕容雪沒來由的叫我留下，我一下子不知道該做何反應。

「怎麼，妳想幹嘛？」蚩尤反問。

慕容雪指著我，對蚩尤振振有辭道：「打獵是健康男人的事情，張三能打獵嗎？留在村裡讓我們照料幾天，確定身體好些再去吧！」

蚩尤點點頭，便放開我，笑著說：「說得也是，我怕他連矛都拿不動……雪兒，盯著他吃飯啊！」

雖然他們左一言右一語的就是不把我當個健康的男人看，但事實上我也沒多不健康啊！在我那年代，我還是世界上最強大的魔法師耶！而且被你們這樣一講，那群在等蚩尤帶他們去打獵的「健康男性」都在笑我耶！幹嘛這樣破壞我的行情啊！臭阿雪！

不過我倒是沒有搶著抗辯，因為我雖然感覺到自己體內有強大的靈氣，但我不知道這靈氣到底是不是真的可以發揮作用，於是只能點點頭，同意了慕容雪的說法，決定留在村裡繼續摸索一些讓我可以離開這個時代的線索。

我和慕容雪兩人送蚩尤率領的打獵團隊離開。

就在蚩尤離開後不久，慕容雪馬上回頭對我露出了笑容，並且主動拉起我的手，將我往村裡拖著走。她邊走邊說：「昨晚黎兒在你那裡睡覺，吵到你了嗎？」

「……沒有啦！他很乖。」

「他很乖？」

聽我這樣講，慕容雪停下腳步，回頭笑著說：「黎兒的個性我最清楚，你這樣說，是因為你喜歡他嗎？」

我想了一下。

其實我對蚩黎沒什麼好惡，嚴格說起來，我還比較不太願意他跑來我這邊睡覺，因為這樣會害我沒有地方睡覺。但畢竟這裡是人家的地盤，蚩黎的身分又是黑道大哥的小孩，甚至我眼前這個「前青梅竹馬」更是那小鬼的親生母親，所以便見人說人話的、敷衍一些優點的說：「呃……他長得跟妳很像，很可愛……嗯。」

「喜歡就好啦～還真怕你不喜歡小孩子呢！黎兒可是我們村裡最皮的小孩，都是酋長太寵他了。結果也不知道你用了什麼法子，黎兒一見到你就對你乖乖聽話，所以啊……嘿嘿！跟我來！」

「嗯？」

慕容雪說完，就拖拉著我走到一群婦女聚集的地方。

這裡都是女人，韓太妍和公孫靜也在這裡，另外還有一堆小孩，當然，那個蚩黎也已經睡醒來到這邊集合。總之，全部就只有我一個男人在。

慕容雪把我拉來這邊之後，便很開心的把我往前一推，對著大家說：「姐妹們！張三說要幫我們帶小孩！大家把小孩交給他照顧吧！」

靠！我只不過是隨口稱讚一下妳兒子很可愛，妳是怎麼樣把我那句話聽成我可以幫妳們帶小孩啊？妳是耳朵有問題還是腦子有毛病啊！

⊕⊕⊕　　⊕⊕⊕

在我莫名其妙被強迫性的「自願」幫大家帶小孩之後，村裡的女人便分成三個團隊：

第一團隊由慕容雪率領，她們往村外的森林走，要去採些樹果、野菜回來；韓太妍則是帶第二團隊的人往溪裡去，要去捕撈魚蝦；而身懷六甲的公孫靜，則是帶著其他年紀較大，或者一樣身懷六甲的女人留在村裡，做些衣服和照顧嬰兒。

我本來是沒打算要離開村子，畢竟小孩子挺多的，而且留在村子我也可以跟幾個女人交換情報。可是白目的蚩黎就說因為有我看著，所以他想要跟媽媽走，在慕容雪也同意的情況下，我只好帶著這群小孩跟著慕容雪去森林。

「張三～從天上掉下來到底痛不痛啊？」

「張三～你為什麼跟爸長得一模一樣啊？」

「張三……」

蚩黎硬是要騎在我肩膀上，然後一直用一些童言童語問我，我也不知道該怎樣回答這些問題。其他小朋友也繞在我身邊，要我跟他們說說天上的事情。一開始我覺得邊走邊講還不錯，不過我還是怕小孩們突然不見，所以就停下腳步，找個區域將大家都擺在這邊，要他們不要亂跑，在這裡玩就好。

「嘿咻～嘿咻～嘿咻～」

看著看著，我就看到那群小鬼全部圍在某棵樹旁，由蚩黎發號施令，一群小鬼頭合作在搖那棵樹。

蚩黎這小鬼雖然個頭不是最高的，但不愧是酋長的小孩，竟然也成為孩子王，看著他發號施令的樣子，老實說真的滿可愛的。

看到我在旁邊看他們，小蚩黎回頭對我高喊：「張三！來幫忙嘛！張三！」

「怎麼了？」

「張三～幫忙我們推樹嘛！樹上有好吃的果子，我們想要吃！」

「啊？」

我看看那群小鬼在推的樹，上面果然結滿了黃澄澄的果子，雖然不知道那是什麼，但也許很好吃吧？只是因為果子似乎沒有熟透，加上樹幹很粗壯，幾個小鬼頭搖了半天，果子還是搖不下來。

「幹嘛不爬上去摘啊？」我抬頭看著大樹，問道。

「上次柔柔爬到樹上下不來，害我被爸打屁股，我就跟他們說誰敢爬上去我就打誰屁股。」蚩黎理所當然的回答，然後跑到我面前，使勁的拉著我，把我拉往樹的方向，邊走邊說：「來啦！來幫忙嘛！你雖然瘦，可是你的力氣一定比我們還大呀！」

我笑了笑，鬆開了蚩黎的小手，摸摸他的頭之後，很無奈的走到樹旁。

這樹還真高！不知道是什麼種類，當然也不可能知道樹上的果子是什麼。我還在看，蚩黎已經在向那群小孩子介紹我了，看他說得口沫橫飛，還要求他們鼓掌叫好，好像我一定有辦法似的，真是讓我哭笑不得。

「幫忙搖下來嘛！張三！」蚩黎介紹完畢又巴到我小腿上，抬頭殷殷期盼的望著我。

「……嗯，好。」

我想了想，就點點頭，然後對他們說：「都離開，不要靠近，我試試看。」

「張三要出手啦！大家快逃啊！哈哈哈哈～」

我走到樹前，拍拍樹幹那粗糙的樹皮。哇塞，好粗啊！這不知道長了多少年才能長這麼粗壯，難怪幾個小鬼頭都搖不下來啊！

其實我會答應，只是想要找個機會來試試看我現在到底有多厲害。於是我施展出「軒轅神功」，用軒轅心法讓靈氣運走全身，接著馬步紮穩，氣定神閒的盯著大樹。

蚩黎看我這姿勢，就大喊：「張三你現在是要便便嗎？」

「小鬼別吵，看清楚吧！」

一個呼吸吐納，將我這輩子第一個正式修煉的魔法複習一次，接著，對著面前的大樹打出一記五行拳中的火行炮拳！這一拳穩穩的打在樹幹上，就聽見「啪裂」的一聲巨響，整棵樹竟然攔腰被我打成兩段！

「糟糕！」

根據槓桿原理，我從接近樹根的位置把樹打斷，它反而會朝我這邊倒下來！一想到我身後還有一群小孩子，就知道我不能跑開啊！於是，我立刻腳步展開變化，火行生土行，炮拳轉橫拳，一記土行橫拳打在即將傾倒的大樹上，硬是將它打偏離原本倒下的方向，倒到另外一邊去，發出轟然巨響。

這一刻，全部的人都安靜下來，只剩下那些被驚動的鳥兒不斷在樹林間狂飛亂鳴著。就連我自己都安靜了，因為我根本沒料到，原來此時此刻的自己有這麼凶猛。

剛才那棵樹起碼四、五個大人手拉手才能環抱，是那麼粗勇的一棵樹！竟然直接被我一拳就打斷了？不只如此，我甚至還能再補上一拳改變它倒下的方向？這要是給藤原綾看到，她八成會開心到死啊！一定會非常以我為榮啊！

「啊啊啊啊啊！」

這時候，身後的小鬼們統統傳來驚喜的叫聲。他們一個個衝過來把我圍住，繞著我轉圈圈，一邊轉一邊說我是力大無窮的大力士，甚至還有幾個小男生跑到旁邊的樹去，學著我的馬步對著樹幹打著一拳又一拳。

最開心的就是小蚩黎了。他擠開小鬼們，笑著緊緊的把我抱住，眼淚都擠出來了。一下子被這麼多小鬼誇獎，我心底那小小的虛榮心也跟著水漲船高。

「張三！張三！」

就在我們高興的時候，村裡女人的聲音傳了過來。我轉頭一看，就看到那些媽媽們每個都心急如焚的跑了過來。

慕容雪一臉緊張，跑到我身邊把蚩黎抱走，問我：「張三！樹倒了有沒有嚇到孩子？有人受傷嗎？怎麼好好的樹會倒呢？」

小蚩黎在慕容雪的懷裡，指著我開心的對她說：「媽！是張三！張三是大力士！他一拳就可以把那麼大的樹打倒！他好厲害！」

其他關心小孩的大嬸、媽媽、姐姐們，幾乎也同時聽到自己的小孩說出跟蚩黎一樣的證詞，結果每個女人都跟慕容雪一樣，一起用訝異的目光看著我。幸好我已經經歷過被十萬人盯住的經驗，現在這十幾二十個人盯著我看的眼神，還嚇不倒我。

「真的！是真的！媽，張三剛才就像我這樣，妳看！」

說著，蚩黎從慕容雪身上爬下來，跑到旁邊的小樹邊，蹲著馬步，用力的一拳打在樹上。但因為他太用力了，結果這一拳打下去，樹不但沒倒，他還痛得當場飆淚，抓著手倒在地上大哭大叫。

一看到蚩黎受傷，我和慕容雪同時有了動作。

雖然我距離他比較遠，可我速度更快，一個箭步蹭到蚩黎身旁把他抱起來，關心的問他：「喂！笨蛋！你手有沒有怎樣？」

「嗚……痛痛……嗚……」

慕容雪也跑過來了，蹲下來湊到我身邊，緊張關心的把蚩黎的手抓過去看。

看到這一幕，不知道為什麼，我突然有種我根本就不屬於這裡的感覺，於是我默默的將抱著蚩黎的手放開，改讓慕容雪去抱著他。再胡亂說了一個我頭在痛的理由，自己離開了樹林，回到村子去。

這時，村子裡面的女人已經在議論紛紛了，一看到只有我走回來，大家就閉上嘴巴。我疲憊的看了她們一眼，沒說什麼，逕自往那屬於我使用的帳篷走去，想自己一個人安靜的休息休息。

「張、張三！」

就在此時，挺著大肚子的公孫靜走了過來，擔憂的看著我說：「……森林裡的樹倒了，是不是發生什麼事？怎麼只有你回來呢？姐和黎兒呢？」

「……他們沒事，大家都很好，我只是頭痛，所以先回來休息。」

「頭痛？」聽到我頭痛，公孫靜關心的問：「那要好好休息呢！我去幫你弄點水來，好嗎？」

我搖搖頭表示不必，跟她說不要吵我、讓我自己睡覺就好，公孫靜還是一臉擔心。我乾脆不理她，自己跑到帳篷裡去休息。結果過了沒多久，固執的公孫靜還是送了一盆清水過來，還貼心的附上一顆綠色的棗子。

「喝點水、吃點東西再休息吧。」

要走之前，公孫靜怕我不吃，還特別叮嚀了一下。

但我還是沒吃，那盆水就放在獸皮邊，動也沒動。

我沒有睡，事實上我頭也不痛，就只是心情不好。

我已經決定了，不管黃帝在不在這裡，我都要離開這個村子。等蚩尤回來，我就問他該去哪裡找炎帝，既然人稱炎黃炎黃，搞不好炎帝那邊會有黃帝的下落也不一定。反正哪裡都比這裡好，我繼續留在這裡看著過往我熟悉的人們上演著錯亂的人際關係，只會把自己的精神搞到錯亂。

我在帳篷裡面躺了很久，直到有個腳步聲小跑過來，撲到我身上把我抱住為止。我翻身一看，是手被包著的小蚩黎。

「媽說我惹張三生氣了，她說我不乖，所以你頭才會痛……我會乖乖的，張三頭痛快點好。」小蚩黎天真的看著我，眼眶噙著淚水說著。

「……我頭不痛了，蚩黎手還痛嗎？」

蚩黎搖搖頭。

我坐了起來，把蚩黎的手拉過來看，搖搖頭說：「你力氣小，幹嘛那麼用力的打那棵樹？」

「蚩黎也想跟張三一樣，變成大力士。」

「……那你要多吃一點飯啊！」

「張三也吃很少，力氣比爸爸還要大！」

我笑了出來，摸摸蚩黎的頭，說：「張三的力氣很小，你爸的才是真功夫。我想休息一下，蚩黎去找媽媽好嗎？」

聽我要趕走他，蚩黎嘴巴一癟，像是要哭出來一樣。我趕緊把地上那顆棗子撿給他，說：「這個給你吃，你多吃一點就會跟我一樣變成大力士了。不然……晚上再過來陪張三一起睡覺，現在讓我休息一下，好不好？」

蚩黎吸吸鼻子，很用力的點點頭，才捧著棗子離開。

傍晚，男人們也回來了。

因為沒有門，我坐在帳篷裡就可以看到蚩尤在跟蚩黎說話，然後蚩黎指著我這邊，一看就知道蚩黎在跟他說我今天把樹打倒的事情。果然，蚩尤把蚩黎叫走後，就朝著我這邊走來。

他走進帳篷裡，在我面前坐了下來。應該是因為口渴吧，一看到我這邊有一盆清水，就拿起來喝，邊喝邊說：「張三，聽黎兒說你力氣很大？」

「呃……沒有啦……那只是運氣好而已。」

「剛好給你挑到一棵快死的樹嗎？」蚩尤笑著，捧著水說：「力氣大是好事啊！我等等跟雪兒說一下，你明天就跟我們一起去打獵！一起去打隻大豹子，回來做項鍊給黎兒戴。」

我搖搖頭，苦笑著說：「那個……我想走了。」

「走？去哪？」

「我想去找炎帝。」

蚩尤愣了一下，然後笑著說：「晚點，我會帶你去的。從這裡去他那裡路途遙遠，我想等靜兒生了，才能放心帶你去。」

「不、不勞酋長費心了，你只要跟我講地址，我上網估狗一下就知道怎麼去了。」

「地址?那是什麼?」

「……你就當我精神錯亂吧……我是說，只要你告訴我往哪走，我自己能走到的。」

見我如此堅持，蚩尤表情一頹，就說：「……是因為黎兒嗎?」

「啊?」

蚩尤嘆了口氣，「在來找你之前，雪兒說黎兒似乎惹你生氣了。看來是真的了。」

「不是啦!蚩黎他很可愛，真的……」

「那我想不到還有什麼理由讓你急著要走呢!」蚩尤苦笑著，說：「黎兒他是皮了點，雪兒又老護著他、讓他無法無天。真的是黎兒害你生氣的話，就跟我說吧!我會好好教訓他一頓的。」

「別、別這樣啦!蚩黎很可愛，真的啦!我很喜歡他!我剛才還要他晚上再來我這邊睡咧!」

「那你到底為什麼急著要走呢？」

我不知道要怎麼回答。因為我不屬於這裡，因為我要去找軒轅劍……因為我根本就是來自未來的未來人啊啊啊啊啊！你是要我怎樣跟眼前這個搞不好連未來的未都不知道怎麼寫的人說這些理由啊！

「……我頭會痛，酋長。」我嘆了口氣，編個理由說：「我不是從天上掉下來的，酋長一定很清楚。但我真的什麼都忘記了！我想去找我的過去。從我醒來之後，我就想著要去找某個人，我猜那人一定知道我的事情。如今唯一的線索就是酋長認識的炎帝，所以我……才會這麼急。」

這理由很爛，爛透了！爛到我根本不敢看著蚩尤說這些話。

但蚩尤似乎沒聽出我在唬爛他，他低頭撫著下巴沉思，良久才說：「我會帶你去的。算算日子，再不去進貢金器，炎帝這傢伙又要派人來吵了。要不是靜兒的身孕，我早就出發了。」

「……金器？」我疑惑的看著蚩尤，說：「什麼金器？」

「喔，這個啊！」蚩尤拿出腰間的短刀。

我不是第一次看到他拔刀，但我倒是第一次發現，原來他用的刀是鐵做的！天啊！是鐵做的耶！我以為他們是還在使用石頭的原始部落，結果竟然有鐵？

「這是好東西啊！西南方那邊的部落盛產這些，當初我打下他們的時候還花了不少力氣。後來炎帝那傢伙看這東西好，三天兩頭就跟我討，所以算算日子，也差不多該去西南方部落拿些新的金器，貢獻上去啦！」

我看著這把短刀，思索著。

這把短刀的質地我熟到不能再熟，很明顯就是我曾經每天都要摸到的那把軒轅劍在用的那種鐵。加上如蚩尤所說，這刀的原產地是公孫靜的部落，而在我的世界裡，公孫靜又是侍劍，難道……軒轅劍的下落不在黃帝那邊，而是在這裡？

可那也不對啊……如果是在這裡，那為啥叫軒轅劍？不是應該叫蚩尤劍嗎？純粹唸起來順口嗎？

蚩尤看我不說話，就搭著我的肩膀說：「張三，能不能等靜兒生了再走？我答應你，一定會讓你見到你想見的人，好嗎？」

我點點頭，說：「……好啦……畢竟如果是我，老婆懷孕了我也不會把她一個人丟著然後出遠門吧……哈哈……」

蚩尤也笑了，拍拍我的肩膀，然後把那盆水喝乾，就起身離開。

結果到最後，公孫靜送來的棗子和水，還是全被他們家的人吃下肚子了啊！

⊕⊕⊕　⊕⊕⊕

隔天如昨日一樣，早上太陽才剛出來，村子就有了活力。男人們聚在一起，一邊整裝一邊聊天，女人們不是在幫自己的男人穿衣服、整裝備，就是帶著自己的採集工具到另外一邊去聚著。

昨天蚩尤有提到，要我今天跟著去打獵，所以我來到男人們聊天的地點待著。他們一看到我過來，每個人都愣了一下，然後小聲的交頭接耳，怕我聽到似的。可惜，我並不是普通人，所以他們說的話還是盡入我的耳中。

那都是嘲笑的話語，笑我一個又白又瘦的男人，不要說打獵啦，搞不好連刀都拿不動。甚至還有人笑得太大聲，不小心把應該小聲說的「張三應該去女人那邊啦！」這句話說了出來。

我表面上一直不動聲色，裝作沒聽見，但事實上我內心一直很不爽。

你們要看輕我就只有現在了，到時候我一拳打死熊，看誰還敢笑話我！幹！

「張三！這是給你的分。」

我想著想著，蚩尤已經走過來了。他丟給我一只獸皮縫製的皮囊，說：「靜兒昨天做的，聽我說你今天就要跟我們去打獵，她連夜幫你弄這只皮囊，好讓你裝水喝。」

聽到是公孫靜連夜做的，我緊緊抓著那皮囊，朝著蚩尤點了點頭，給他一個笑臉當作答謝。

但還沒完，蚩尤又把自己腰間的短刀卸下，遞給我說：「來，先用這個吧！過兩天等我們去靜兒部落的時候，再幫你帶一把新的回來。」

「酋長，他拿不動啦！」

不知道是哪個白目，竟然在這時候開口調侃，連帶的其他男人也笑了出來，現場哈哈大笑聲不絕於耳。

蚩尤笑了笑，把我的右手抓過去，舉給那個調侃我的人看，說：「你看，他這手上的繭比你腳底的還厚！如果張三不是個常常拿刀的獵人，怎麼可能會有這種手？」

其實我很久沒有仔細看自己的手了。

那隻手原來這麼粗糙啊……這半年時間每天都握著沉重得要命的軒轅劍，讓我手掌上的厚繭累積得很恐怖。

我把右手收了回來，接過蚩尤手上的刀。握著刀柄，我甚至覺得自己搞不好可以用這短刀使出軒轅劍法。但這短刀畢竟只是短刀，不是劍，更不是軒轅劍那樣的巨劍，所以多少還是有點不太習慣。

「張三，去把皮囊裝滿水，要走了。」

蚩尤笑著拍拍我的肩膀，然後扛起長矛。

這時候，剛睡醒的小蚩黎從我的帳篷裡現身——之前說好的，昨天晚上讓他去我那邊睡覺——他一看到爸爸，就跑過來抱著蚩尤的小腿。

「爸！今天能不能打到豹子？」蚩黎仰著臉，殷殷期盼的問著。

蚩尤笑著，摸摸蚩黎的頭說：「有碰到的話，爸一定給你打一條回來。」

這答案讓蚩黎不太滿意，他癟癟嘴，轉頭一看到我，就換跑過來抱著我的小腿，眨著大眼問我：「張三！你今天能不能打到豹子？」

我看了看小蚩黎，又看看一臉慈父模樣的蚩尤。於是我點點頭，也摸了摸蚩黎的頭，說：「我會啦～我還會打到比豹子更大的獵物回來喔！」

其實我沒有什麼意思，只是想讓這孩子開心。

果然，蚩黎開心的笑了出來，還對蚩尤扮了個鬼臉才離開。

但這番話卻讓那些男人都哈哈大笑，甚至還有人直接嗆我：「傻子，你以為豹子這麼好打？在咱們部落只有酋長有本事打死豹子。你只會說大話吧？我看什麼把樹打斷，也是小孩子做夢亂說的啦！哈哈哈～」

不過，比起那些人的反應，蚩尤只是用一種他很期待的表情看著我。

「張三，走吧！」蚩尤走過來拍拍我的肩膀，說：「可以的話，能打到比豹子更大的獵物，最好不過了。」

離開村子，我們去到比女人會前往的地點更為內部的森林裡。在進入獵場前，那些男人都有說有笑的，可一旦進入獵場，每個人都嚴肅了起來。

我一個人走在最後面，握著那把短刀不斷的試圖用軒轅心法跟它感應，但實驗證明，我跟這把毫無靈氣的短刀一點感應都沒有，還不如我自己比出劍指有用。而拿著短刀，讓我又想到除了軒轅劍法以外，還有五行劍法可以運用；雖然我現在直接拿刀亂揮，搞不好都能殺死一頭大象了，但有些魔法我可以運用，心裡總是比較安慰。

就在這個時候，一道白光突然從我身邊掠過，打斷了我的思考。定睛一看，原來是一隻白色的小狐狸快速的跑了過去。

「是白狐狸！」

其中一個男人突然大聲的嚷嚷著，其他人也就有了反應，馬上舉起手中的武器，對著那白狐狸撲殺過去。

一看到大家都有動作，我也趕緊加入追捕狐狸的行列。

白狐狸的動作非常迅速，三下兩下眾人就追丟了。而在大家要放棄的時候，我一眼就看到牠在樹枝上，指著上面大喊：「在上面！」

語聲未落，已經有個反應快的獵人拿長矛射了過去，但並沒有擊中目標，反而讓那白狐狸又跑掉了。

不過在這森林裡，那白色的身影對牠而言簡直完全不利。

雖然我不知道為什麼總是我第一個發現，但不管是誰先發現，我們一群獵人追著白狐狸追到牠根本沒辦法甩開我們。

就在這個時候，一陣尖嘯，一道黃色的身影突然從樹上躥了下來，一口咬住了那白色狐狸。我原本以為那動物是他們所謂的豹子，結果沒想到我們的運氣更好，那竟然是一頭老虎！

可是，馬的！為什麼這裡會有老虎啊？老虎老鼠傻傻分不清楚？屁啦！這麼大一隻誰

會分不出來啊！

「吼——」

老虎把口中的狐狸吐了出來，對著我們發出虎咆。一些比較年輕的獵人腳都軟了，被嚇得當場坐下。

「我來！你們快退開！」

這時，蚩尤突然往前跳了出去，雙手緊握長矛瞪著那頭老虎，像是要掩護大家一樣。那老虎一看有人拿著武器跳出來，又大吼一聲，對著蚩尤撲殺過去！而這蚩尤也真不愧是傳說中的大壞蛋，就看他用長矛一格，雙手一甩，跟鬥牛一樣的，巧妙的讓老虎撲了個空。

但老虎畢竟是貓科動物，不是鬥牛啊！

只見老虎靈巧的轉身一跳，在半空中用虎爪對著蚩尤撲打下去，脆弱的長矛馬上斷成兩截，接著老虎把他撲倒在地，張開大口就要咬下！

說時遲、那時快，蚩尤立刻將矛頭那一截戳向老虎的眼睛！這一下，成功的讓蚩尤躲過致命的危機，但他仍被老虎一爪耙到肩上，撲擦的炸出一團血花，整條右臂血肉模糊。然後老虎甩了甩頭，更是憤怒的對著蚩尤再撲了過去。

受傷的野獸更危險啊！

但在這更危險的老虎撲過去之前，我就有了動作。我搶先一步跳到老虎的背上，接著死命的用手勒住虎頸，用盡全身的力量拚命的往後一舉，整隻老虎就這麼跟我一起躺到地上，被我勒成四腳朝天貌，拚命的亂動亂抓、想掙脫我的箝制。

「張三！」

蚩尤一看到我被老虎壓在身下，便掙扎著立刻站起來，對著旁邊的人大喊：「刀！給我刀！」

那群根本廢物的觀眾直到現在才如夢初醒，紛紛將腰上的短刀全扔向蚩尤，而且還是一股腦兒的亂扔，要不是蚩尤他身手了得，我想他搞不好會因此被亂刀砍死。

看到蚩尤撿起一把短刀後，我更是將全身的靈氣發揮出來，緊箍著老虎不放。蚩尤趁著這大好良機，衝過來一刀對著老虎柔軟的白色腹部捅了進去！就聽到老虎一聲大吼，我也跟著大吼一聲，把全身力氣拚到極限！然後聽到「喀！」的一聲，我才感覺到身上的老虎不再掙扎，失去力氣、軟綿綿的躺在我身上。

我放開雙手，推開壓在身上的老虎，正準備要站起來的時候，一隻血淋淋的手伸到我面前。我抬頭一看，就看到蚩尤他笑得很開心的臉。

「好張三！不但力氣大！勇氣更大！來，握住我的手。」

我伸手握住了蚩尤的手，讓他把我拉起來，然後用他受傷的右臂勾住我，回頭向那些獵人說：「你們剛才還敢笑他？張三比你們任何一個都還要勇敢強壯！哈哈哈哈！這條大蟲是張三打的，大家都看到啦！」

「咦？」我愣了一下，趕緊掙脫開蚩尤的手，搖搖頭說：「不是啦！我只是想要救你，老虎還是你殺的吧？」

說完，我趕快跑到旁邊，把那隻奄奄一息的白狐狸抱起來，對蚩尤說：「剛才要不是酋長先出來牽制老虎，我也不敢出手……說到底還是酋長的功勞！如果酋長真要讓我占功，這隻狐狸賞給我就夠了。」

蚩尤愣了一下，問我：「那隻狐狸的皮毛都被咬壞了，不能做好看的衣服，你要了幹嘛？吃嗎？」

我看著懷裡奄奄一息的小白狐，突然很不忍心牠就這麼死掉，便趕緊掰個理由對蚩尤說：「我、我是因為……因為我孤家寡人一個，很寂寞……我想養著牠陪我。行嗎？」

「寂寞？」

「呃，就是想找人來陪我啦……」

蚩尤想了想，點點頭笑著說：「好！我就把這狐狸賞給你。但從此之後，你不必叫我酋長了！我的命是你救的，人家都說我蚩尤有八十一個兄弟，從今天起，你就是我第八十二個好兄弟！哈哈哈哈！」

一聽到蚩尤這樣講，那些背景雜魚更是馬上對我和蚩尤恭喜道賀，最後大家開開心心的扛著老虎的屍體，回村去慶祝了。

但我卻不怎麼喜悅，滿腦子空白……

怎麼會這樣啊？我竟然變成蚩尤的第八十二個兄弟了？那未來史書上會不會寫蚩尤的第八十二個兄弟叫張三啊？幹！那怎麼好像比我用陳佐維還慘啊！叫張三也太隨便了啊啊啊啊！

NO.003

把Q貝和妳放在一起比，
我選Q貝。

這天，我成了村子裡最新的風雲人物。

雖然說這打老虎的功勞最後還是歸在蚩尤身上，但我們一回到村裡，蚩尤跟那些背景雜魚們就搖身一變，成了天橋底下說書的，把我的故事分成六集不斷的講給村裡的人聽。就連我最新的身分「蚩尤大哥的排行第八十二個兄弟」也被大肆宣傳。

於是，回到村子之後，那些懷疑我的聲音消失了不提，更是有許多懷春少女、雲英未嫁的女人有事沒事就往我帳篷這邊湊過來參觀參觀，弄得我都想要在門口放個陶盆收觀賞費，以及立塊牌子說「請勿拍打餵食」……

要不是因為我知道這時代還沒有「錢幣」和「文字」的發明，我真的會放啊！

雖然一堆人跑來看讓我覺得很煩，不過也不是沒有好處，最起碼那些個無知少女還算會煮肉湯，一個晚餐時間，我的帳篷裡就有了一盆又一盆、一盆又一盆、盆盆相連到天邊的裝滿肉湯的陶盆，都可以讓我開自助餐啦！

我用肉湯餵飽我自己和小白狐後，就躺在獸皮上想要早點睡覺，並且思索該怎樣才能早日離開這個世界。

要知道，我已經莫名其妙變成了蚩尤的第八十二個兄弟，誰知道我那時代的史書上是不是已經變更了？這就表示我在這邊待得越久，「張三」這個人的歷史事蹟就會越多啊！

我可不能莫名其妙的破壞歷史，要不然到時候我回去了發現歷史亂七八糟了事小，要是回不去那才頭痛咧！

「張三！張三！睡著了嗎？」

躺著躺著，蚩尤的聲音從我帳篷門口傳來。

我坐起身子，回頭一看，就看見蚩尤帶著韓太妍一起過來，正站在門口看著我睡覺。

「呃……這麼晚了，你們還不睡嗎？」

蚩尤笑著回應：「要，不過我想了想，決定把今天那隻大蟲的皮賞給你，便趁著還有些時間，帶妍兒過來幫你看看身材啊！」

他說完，韓太妍鬆開了蚩尤的手，拿著一條皮繩走到我的身邊，對我說：「是呀，張三！你就起身讓我量一下，不會花你太多時間的。」

「咦？」

我傻乎乎的站了起來，讓韓太妍用那條皮繩幫我測量我的三圍。這一幕讓我想到當初我剛碰上韓太妍的時候，她說要調查我的魔法系統的場景。

很快的，韓太妍量好了我的尺寸，估算一下之後，她回頭對蚩尤說：「酋長呀！那大蟲皮做完張三的衣服還會有剩，這天氣也快要變涼了，能讓我留些做點衣服給晴晴穿嗎？」

蚩尤搖搖頭，說：「不行，大蟲皮我說賞給張三，那就是他的了！剩下的也得全部交給張三處理才是。」

聽到蚩尤的答案，韓太妍的表情有些不高興。於是我趕緊說：「沒、沒關係啊！嫂子如果想拿去幫晴兒做衣服，就統統拿去沒關係！我不要緊啦！」

韓太妍聽到我這樣講，馬上又抬頭看著蚩尤，想知道蚩尤到底准不准她用老虎皮去做小孩的衣服。倒是蚩尤對我露出讚許的表情，說：「好兄弟，我先替晴晴向你這叔叔道謝啦！妍兒，妳也聽到啦！但還是得先幫他做件新衣服，剩的才准妳幫晴晴做，知道嗎？」

韓太妍樂得眉開眼笑，點點頭說：「是的！那我就先回去趕工啦！張三，真是太感謝你囉～我先告退了，你早點休息。」

看著韓太妍開開心心的離去，我又把現代世界裡那個對我掏心掏肺、不斷付出的韓太妍的身影跟眼前這個重疊在一起。一想到韓太妍對我的付出，我就覺得剛才的行為根本不足掛齒。

接著，我對蚩尤說：「那……大哥你也早點回去休息吧！明天一早還要打獵……」

「不，明天不打獵了。」蚩尤聳聳肩，笑著說：「明天咱們兄弟倆去一趟西南方的村子。」

「咦？」我皺眉，疑惑的問：「去那邊做什麼啊？」

「大哥要找人幫你造一把專屬你的金器，讓你打獵好使啊！」

雖然這只是再平常不過的一句話，卻讓我心裡面起了不小的波瀾。

在現代，那把我以為的軒轅劍其實不是軒轅劍，而是一把不知道什麼人在四千七百多年前為了我而打造出來的、「專屬於我」的神劍。來到上古時代，只要有時間我就會思考我到底要怎麼樣才能拿到那把軒轅劍，結果沒想到竟然會在這樣的情況下，會有人要幫我打造一把專屬於我的神劍。

換句話說，這或許就可能會是……會是我離開這個世界的關鍵？

看我久久不發一語，蚩尤便問：「張三，你不願意去嗎？」

「沒、沒啊！」我搖搖頭，壓下心中的喜悅，笑著說：「真的，我願意去！我巴不得馬上出發啊！不然我們別睡了，現在就去吧！」

「哈哈哈哈～別心急！」蚩尤笑著說：「咱們明天一早就出發！」

雖然蚩尤要我別心急，但我真的很難平復這開心的情緒啊！還得要靠我的軒轅心法才能讓自己安心入眠。

⊕⊕⊕　　⊕⊕⊕

隔天一早，一件全新的虎皮衣就放在我的帳篷門口，路過的人無不投以羨慕的目光。然而，有了昨天的經驗，我當然是沒有把虎皮衣穿上，而是選擇比較普通的衣服穿。換好衣服，我看著在角落睡覺的小白狐，牠身上的傷勢似乎還沒有完全癒合，我抱起牠，離開了帳篷。

走到平常集合的地點，這裡已經聚有兩派不同的人馬。不過大家一看到我，不約而同的開始向我有禮貌的打招呼。

「三哥，早啊！」

「早啊三哥！」

「三哥早！」

馬的，你們不要一直叫我三哥三哥的，好奇怪啊！我開始後悔把自己叫做張三了啊啊啊啊啊！

這兩派人馬，一邊穿著全副武裝，帶著皮囊和武器，一看就知道是要去打獵的；而另一邊，則是穿著比較整齊、乾淨的衣服，帶著裝有各種水果和獸皮的箱子，一看就知道這是要跟我還有蚩尤一起去西南方的隊伍。

果不其然，蚩尤出現之後，就直接來到這一區，然後要大家開始清點這些貨物。

我湊到蚩尤身邊，說：「大哥，早啊！」

「早……咦？怎麼不穿那件虎皮衣呢？」

「呃……反、反正也不是要做什麼，就等有宴會的時候再拿出來穿吧！」我笑著，隨口說個理由敷衍過去：「不然弄髒了也不好呀！」

蚩尤皺眉，接著他看到我懷裡的小白狐，又問：「怎麼還帶著這畜生啊？」

「呃……牠、牠就還沒完全康復嘛！我怕我這一去，我不在了沒人照顧牠，牠會惡化之類的……大哥你也知道，現在我就孤家寡人一個，只有牠能陪我啦！再出什麼意外，我會很傷心的啊！」

蚩尤嘆了口氣，拍拍我的肩膀說：「大哥看得出來你挺寂寞啦！哈哈……你給這畜生取什麼名了？」

「唔……Q貝。」

聽到這個來自二十一世紀的某動畫中吉祥物的名字，蚩尤瞪大了雙眼，嘴巴開開合合了半天，還是不知道該怎麼正確的重複一次這個名字。於是我又說：「就，ㄎㄧㄨQ，貝殼的貝。Q貝。」

「ㄎ……Q貝？」蚩尤苦笑著，搖搖頭說：「你這傢伙真是神神秘秘的，取個名字都這麼奇怪！」

我笑了，要不然我也想叫牠什麼玉藻前或者妖狐藏馬甚至白面者之類的，但你突然問我，我根本沒準備好啊！隨口就叫出Q貝真的不能怪我啊！

結束了短暫的抬槓，貨品也清點完畢，我們就浩浩蕩蕩的往西南方出發。

其實蚩尤他身為這九黎族八十一部落的共主大酋長，照道理講不管走到哪個部落，要跟誰拿什麼東西，都是開口說一聲就可以隨他拿。但他說做人不可以這樣，以大欺小不是他的風格，所以很堅持一定要用幾乎等價的東西去以物易物。所以那些被他征服的部落，每個都很願意跟隨蚩尤這個共主的腳步走，就是這個原因。

我們早上出發，中午還在森林裡吃了簡單的午餐，實際上也就是一點樹果和野菜，一直到了下午，才抵達目的地。

這個村子的村民正聚在一起聊天，一看到我們，馬上認出蚩尤這個大酋長，紛紛下跪恭迎。蚩尤笑著要大家起身後，就要我們的隊伍把那些貨物拿去放，然後領著我往村落最深處走。

這個村子並不像蚩尤的部落一樣，是住在帳篷裡面的，他們已經有了簡單的草屋雛形，雖然依舊沒有門。不過，聽說這裡已經有了生產金器的技術水平，我真的很難想像當初蚩尤到底是怎麼帶著比較落後的科技打贏這邊的。

村子最深處有一間比較大一點、由三間草屋組合在一起的大草屋，一看就知道是這裡的村長或者酋長所在的地方。我跟著蚩尤走到門口，裡面的主人出來迎接。結果那不是別人，竟然是藤原綾她老爸！就是那個道家的高人、慕容雪的師父，李永然先生！

而且還不是只有他出來，很快的，藤原美惠子也跟在他身後一起出來迎接我們！這看得我都傻眼啦！

「呵呵呵，算算時間，大酋長你也該來這邊交換金器了。」李永然呵呵笑著對蚩尤說：「昨兒個我才在跟我妻子唸你呢，今天就出現啦！」

蚩尤也笑著回應：「哈哈……沒辦法，我妻子懷有身孕，比較不方便外出。不過今天來這邊，除了要些普通的金器之外，我還有一件事情想拜託兩位。」

「嗯？」

蚩尤笑了笑，對他們說：「先跟各位介紹一下，這位是我新結交的第八十二個兄弟，他叫張三。張三……呃，張三？」

蚩尤連叫了我兩次我才回過神來，他笑著搖搖頭說：「怎麼啦？別跟大哥說你們認識啊！」

我趕緊搖搖頭，說：「不是啦……就是，呃，兩位好！很高興認識兩位。」

介紹完彼此，蚩尤又說：「其實呢，我想請兩位幫忙一下，幫我這位兄弟打造一把專屬於他的金器，打獵的時候好使啊！」

李永然愣了愣，然後看著我點點頭說：「這沒有問題，就交給我吧！三天後，你們再來……」

「等、等等！」

就在李永然一口答應說要幫忙打造金器的時候，我開口打斷他的話。

雖然說已經出現了關鍵字眼，有人要打造一把我專屬的金器，但我猜想在這個年代，肯定不會有什麼劍……假如他打造出來的是跟蚩尤手上那把一樣的獵刀的話，那我乾脆拿來自殺算了啊！

於是我大膽的對李永然說：「那個……請問我可以自己設計我想要的劍嗎？」

聽到我這番話，李永然皺起眉頭，說：「設計？什麼設計？」

靠！說得太順口一不小心把這年代八成沒有的字眼講出來了！可一下子我也不知道要怎麼解釋「設計」的意思啊！於是我改口說：「不、不然我用畫的給你看，你看看！」

說完，我蹲了下來，用手指在土地上畫了一把簡單的劍。

結果我一畫完，李永然就搖搖頭說：「不是啊！你要我造的這個東西可以做什麼？不是要打獵用的嗎？」

蚩尤似乎也有點意見，但他還是站在我這邊幫我說話：「呵呵，就按照張三所說的去造吧！我這位兄弟總是有些驚人之語，想法比較特別一點。還麻煩兩位了。」

大酋長都這麼說話了，李永然也不好意思再說什麼，點點頭說他知道了，就終止了這個話題。接著話題一轉，他關心起我們今天晚上有什麼打算。蚩尤說他沒什麼打算，天色已晚，晚上不適合在樹林間趕路，打算要在這裡住下。於是李永然趕緊吩咐人去幫忙搭建臨時的帳篷供我們休息，以及煮飯給我們吃。

當然，我現在的身分之尊貴，是可以擁有個人套房的。晚上我就在自己的帳篷裡把Q貝的毛皮梳理好，稍微休息了一下，對Q貝說要牠好好看家別亂跑，才又離開帳篷，去發飯的地方弄兩份晚餐回來餵飽自己和Q貝。

經過一天的相處，Q貝對我的好感度有了三百六十五度的轉變——也就是實則只有五度的轉變。雖然還是不會對我撒嬌，但起碼我抱牠的時候，牠也不排斥了。

到了發飯的地方，這裡已經是人山人海。不過因為我身分特別，所以到了現場也跟摩西分紅海一樣的，大家會自動讓路給我過去。於是我領了一個陶盆，順利的走到隊伍最前面，然後驚嚇到差點心臟病發……

因為在那邊分送食物的人，是一對姐妹花，而且還是一對我認識的姐妹花。

沒錯啊！就是藤原綾和藤原瞳這對姐妹啊！

「喂！那邊那個你發什麼呆啊！是要不要過來拿東西吃啊？」藤原綾一看到我呆住，就很不客氣的指著我說著。

而旁邊的藤原瞳倒是笑了出來，對藤原綾說：「姐姐呀！這人應該就是那個張三囉！果然長得跟大酋長一模一樣耶！」

「一模一樣又怎樣？我管他是張三還是張五。喂！你要吃就過來裝，不吃就走，後面還有人在排隊啊！」

我傻愣愣的走到藤原綾面前。看著這個穿著麻布衣，但依然可愛的、沒有胸部的、個性偏差的女孩，傻愣愣的任憑她們姐妹倆一人挖一坨食物在我的陶盆裡，才傻愣愣的回去自己的帳篷，吃飯、睡覺。

然後不知道為什麼，眼淚再也停不下來。

⊕⊕⊕　　⊕⊕⊕

隔天一早，跟李永然約好三天後回去取劍之後，我們就率隊回去了。這趟回村除了把這裡的金器帶回部落以外，想不到連藤原姐妹也跟在隊伍之中。她們兩人大概是來參觀遠足的，一路上兩姐妹蹦蹦跳跳玩得不亦樂乎。

路途中，蚩尤也有意無意的跑來問我覺得那對姐妹怎麼樣。看他笑的樣子感覺很賤，我第一次覺得自己原來可以笑得這麼淫蕩。

但還是很帥就是了，真的很帥。

「很可愛。」我笑了笑，給了蚩尤我的答案：「雖然個性很差，對我也不太好，但我挺喜歡她的。嗯……嗯，就是這樣。」

「喜歡啊！哈哈哈，那就好！哈哈哈哈哈！」

蚩尤哈哈大笑，心裡面不知道在盤算什麼。但我沒有搭理他，也沒去看藤原姐妹的身影，就只是專心的抱著Q貝，專心的往前走，專心的想著再過三天，我就可以離開這個孤獨的年代。

回到村子，跟昨天一樣，已經是下午時分了。但跟平常不同的是，這裡似乎正在進行宴會的準備。

蚩尤拍拍我的肩膀，要我先回去自己的帳篷好好休息，今天晚上是個值得慶祝的好日子，要我千萬不可以缺席。不可以缺席之外，還交代我務必要把虎皮衣拿出來穿。

總之，我抱著Q貝回到自己的帳篷休息一下，也從善如流的換上虎皮衣。雖然昨天碰上藤原綾她們讓我莫名其妙的哭了，但我的心情反而是自我來到這裡之後最輕鬆的一刻。只要一想到再過幾天，我就可以回去西南方的部落拿著軒轅劍離開，我心情真的挺愉快，愉快到就算我換上虎皮衣會吸引多少少女的目光，我也覺得無所謂的那種程度。

晚上，村裡果然展開了一場盛大的宴會。我抱著Q貝來到蚩尤特別替我準備的貴賓席，就坐在蚩尤的身邊，而藤原綾她們則是坐在我旁邊。大家一邊吃著美味的烤肉——跟平常的肉湯不一樣，今天吃的是很豪邁的烤全牛——一邊欣賞村子裡的少女在舞臺上跳舞。

這個時候，蚩尤突然拍了拍我的肩膀，說：「張三，今天晚上的宴會是特別為了你舉辦的。」

「咦？」我疑惑的看著蚩尤，問：「為了我？為什麼？」

蚩尤哈哈大笑，說：「因為我很欽佩你啊！」

「欽佩我？又為什麼啊！」

「要知道，人說我蚩尤有八十一個兄弟，可那都是因為我把他們打敗了，想來跟我攀關係。我看人家也是個部落的酋長，才會跟他們結拜，圖的也只是方便我跟他們交換物品。但你不一樣，唯一一個救過我，敢面對大蟲的兄弟，就是你！我很敬佩你啊！」

我知道蚩尤沒有開玩笑，我也笑了出來，說：「大哥你還不是一樣？當初第一個跳出來擋大蟲的人不就是你嗎？比起我，你才真的有勇氣。」

「有了家就不一樣啦！」蚩尤勾著我的肩膀，面帶慈祥的微笑看著前面。

我跟著看了過去，就看到慕容雪抱著還沒完全清醒的蚩黎在指揮大家搬運小米。

蚩尤笑著說：「有了家，就會想要保護他們。為了這一切在所不惜，拚了命的保護所有你愛的事情。對我來說，雪兒、妍兒、靜兒、黎兒和晴兒，還有你張三，整個九黎八十一部落，都是我的家人。我愛這些事情，所以當我想到有危險會危害到他們的時候，我就會拚命的去做任何可以保護他們的事情。」

蚩尤這番話說得很誠懇，不像是看著演講稿照唸。

但卻深深的震撼到我的內心，因為這番言論，我不是第一次聽到。

軒轅劍，也跟我講過類似的話。它要我永遠別忘記那種想要保護身邊所有我愛的人事物的心情。

這讓我更加肯定，西南方部落現在正在打造的、三天後我要去拿的那一把「金器」，絕對就會是我的那把軒轅劍！只要拿到那把軒轅劍，我就可以離開這裡了！這叫我怎麼不震撼？

我點點頭對蚩尤說：「我知道了，我知道大哥的意思了。我會用我的一切，來保護我身邊所有我愛的事情的。」

蚩尤很滿意的點點頭。

然後他站了起來，大吼一聲，打斷了宴會的進行。

「各位兄弟、姐妹們！首先，我要向各位隆重的介紹，坐在我身邊這位，他叫做張三！他是我蚩尤的第八十二個兄弟！也是我蚩尤最欽佩的一個兄弟！」

蚩尤一邊說著，一邊把我拉了起來，然後拉著我慢慢的走了出去。而全村的村民跟著歡呼，舉起陶盆，喝著盆中的水酒。

同時，藤原綾也在慕容雪等人的簇擁之下，跟我一起來到了舞臺的中間。

接著，蚩尤和慕容雪推了我與藤原綾一把，把我們兩個推得不由自主的抱在一起。

「今天，西南方部落的酋長同意了我們部落提出的和親要求！願意將他的女兒『綾兒』許給我的兄弟『張三』為妻，締結兩邊部落更強大的連結！今天，張三和綾兒，就在全村的見證、在我的命令之下，正式結為夫妻！大家狂歡吧！跳舞吧！喝醉吧！哈哈哈哈哈！」

聽到蚩尤這樣講，我和藤原綾抱在一起，兩人都是一副完全不敢相信的表情！隨後她立刻推開我，跑到蚩尤面前說：「大、大酋長！為什麼？我……」

「嗯？」蚩尤笑著問藤原綾：「怎麼？妳不滿意嗎？對張三有什麼意見嗎？」

「也不是……可是……」被蚩尤這麼反問，藤原綾反而支支吾吾說不出話來，然後看了看我，便「哼！」的一聲轉身跑掉。

「哈哈哈哈哈！」蚩尤哈哈大笑，往還在痴呆的我肩膀上拍了一下，說：「張三！人家綾兒害羞呢！你還不快去追？」

我被推了這一下倒是清醒過來，但並沒有追過去，而是回頭對蚩尤說：「不是啊！大哥……這、這到底是怎麼一回事啊？」

「哈哈……張三，你昨天不是說你寂寞嗎？」

「我、我寂寞？」

「是啊！不就是因為寂寞，才跟大哥我要那隻白狐狸去作伴嗎？」蚩尤依然開心的笑著說：「所以啊！其實大哥本來就有意思要跟那部落締結姻親，畢竟金器是好東西，而且那對姐妹花是真的漂亮。但大哥自己已經有三個妻子了，靜兒還懷有身孕，短時間內再娶妻也不妥。既然你寂寞，那邊又剛好有個美女要出嫁，我便跟他們的酋長談成功了，今天要給你驚喜啊！哈哈哈哈！」

「不是啦……我、我有Q貝陪我就好，我不能……」

「不能什麼？那白狐狸能幫你生孩子嗎？」蚩尤見我不斷推託，表情終於有些不高興了，他說：「總之這事情就這麼定了！你和綾兒是在全部落兄弟姐妹的見證下成親的！你要就乖乖跟她在一起，不然就將她殺了吧！」

說完，蚩尤轉身離去。

而慕容雪也趕緊搭腔說：「張、張三啊！我們也是一片好意呀……酋長他只是對你好……綾兒很漂亮，聽說也很能幹，真的很好呀！你就別嫌棄了……唉唷……」

慕容雪一邊想說服我，一邊看著負氣離去的蚩尤，像是不知道要先說服哪一邊才好。

我不想她為難，就嘆了口氣，對她說：「嫂子妳去找大哥吧……就、就說我只是太驚訝才會想要拒絕，不是不喜歡這樣的安排啦……唉，我去追藤原綾。」

「藤原綾？」

「……我是說，綾兒。」

說完，我轉身往藤原綾跑掉的方向跑去。

在原始時代，不像現代一樣有路燈什麼的，只要天一黑，在離開部落十五公尺之外，能見度幾乎很低。藤原綾一個女孩子，就算脾氣再壞，在這上古時代她也不過是個普通的弱女子，不是現代那個有著高強法力的女魔法師！所以我猜她要嘛是沒有離開部落，隨便找個帳篷躲進去，不然就是往有月光可以照亮的區域跑。

假如她真的傻傻的跑進樹林裡，那我看我也別找了，隔天早上再去收屍還比較快。

於是我運起「軒轅神功」，強大的靈氣影響了我的運動能力，三步兩步、一翻二跳的便爬上了附近最高的樹。居高臨下的我，再用那強化過的視力朝著溪邊的方向看去，果不其然，那藤原綾並不是白痴，遠遠的就看見她一個人坐在溪邊的石頭上發呆。

接著我施展了有如電影《臥虎藏龍》裡面的輕功草上飛，在樹梢間快速的穿梭，一下子就跳到了藤原綾的身後。不過現實生活畢竟不是電影，所以我落地的時候還是發出一陣聲響，引起了藤原綾的注意。

「你……」

藤原綾站了起來，很不高興的看著我。我也很無奈的看著她。

我們兩人對看了大約幾分鐘之後，我才走到她面前，說：「……妳好。」

「好、好你個頭啦！」藤原綾舉起右手握拳作勢就要扁我，但倒是沒有真的打下來，可拳頭舉在空中卻沒有放下。過一下子，她才說：「我……爸爸叫我帶妹妹來這裡……說有慶典要我過來看看……我沒想到會是這樣……」

「嗯啊！」我也點點頭，嘆口氣說：「我也沒想到啊！搞不好我還是全世界最晚知道原來今天我是要結婚的人耶……而且對象竟然還是妳，我想噗哇！」

話還沒說完，藤原綾的鐵拳馬上揮了出來，打斷了我的話。然後她說：「什麼意思啊！對象是我不好嗎？我都沒嫌棄你了你還敢嫌棄我？有沒有搞錯啊！」

我被她這一拳打倒在地，濺起一片水花，結果我卻反而有種懷念的感覺啊！上一次藤原綾扁我，搞不好已經是我去日本之前的事情了，如今又被這女人扁，我突然感動得好想哭啊！

我好想哭啊！想不到跟這女人住在同一個屋簷下半年過去了，我一天沒被打就會不舒服啊！整個變成被虐狂了啊！

「啊哈哈哈……哈哈……」我坐在地上，看著怒氣沖沖的藤原綾，發出自我來到這時代之後最開心的一次笑聲。

我認識的人全部都不認識我了，所有的互動都是對著另一個長得跟我一模一樣的人而去，對我就像是看陌生人一樣的陌生，這才是我一直感到孤獨的原因。結果眼前這個藤原綾，不管她現在是不是認識我，最起碼她對我的互動是唯一跟以前差不多的。

這真的讓我覺得很熟悉，也很開心。

把我揍倒之後，我卻笑得這麼開心，揍我的藤原綾反而覺得很奇怪了。她問：「你、你笑什麼啊？本小姐要打你，你這麼開心做什麼啊？你……你這人肯定有問題！」

我搖搖頭，爬了起來，重新站在藤原綾面前，說：「沒有……我很正常。很晚了，不管怎麼樣，先跟我回去好不好？晚上在外面閒晃很危險的。」

藤原綾抬頭看著我，臉上的表情有些複雜。

「我不想嫁給你。」

「幹！我也不想娶啊！」

聽到我這麼直白的說我不想娶她，藤原綾的拳頭又掄起來要揍我，我則是下意識的立刻縮了起來。

馬的！妳自己都說不想嫁了，我應和妳的話說我也不想娶，妳竟然要扁我？這個性是有沒有真的偏差成這樣啊！

「……你這樣哪像是大酋長所說的勇士啊？哼，空長得跟大酋長一樣，體格卻瘦弱成這樣，搞不懂你到底哪裡值得大酋長欽佩了！」

「……我也不知道。」我很無奈的回應，說：「不過，雖然妳不想嫁、我不想娶，而我也向蚩尤大哥說過了，但他表示我們沒辦法分開。」

其實是有啦！就是我殺死妳，但我猜我要是真的說出來，我反而會被妳殺死。

藤原綾的拳頭又放了下來，低著頭，很無奈的說：「……我想也是……」

「不過別太難過，忍耐三天就好了。」我笑著對藤原綾說：「妳相信我，這三天我們只要假裝是一對夫妻，三天過去，這一切都會結束的。」

藤原綾愣了一下，疑惑的問我：「為什麼？三天之後會怎麼樣嗎？」

「三天之後啊……嘿嘿，到時候妳就知道了。總之……」說著，我對藤原綾伸出我的右手，說：「我再重新自我介紹一次，我叫張三，是妳老公，請多多指教。」

藤原綾用一種看到鬼的表情看著我，說：「……老公？」

「呃，在、在我的家鄉，夫妻之間都是這樣叫的……妳是我老婆，我是妳老公，表示我們是夫妻。」

藤原綾白了我一眼，很迫於無奈的點點頭說：「好啦好啦……老公！」

接著，藤原綾也伸出她的右手，握住我的手。不管是現代還是上古時代，我們又一次的握手相約，要假扮是一對伴侶。

而且還是比男女朋友更進階的，要假扮成一對夫妻啊！

⊕⊕⊕　　⊕⊕⊕

這三天的時間過得挺快的。

藤原綾表現得很乖巧，就跟還在現代的時候，和我一起出現在眾人面前的「女朋友模式」一樣，而我也很成功的扮演著藤原綾老公的身分。這不難演，畢竟在這之前我也和藤原綾演過半年的情侶，這成功的訣竅就是簡單的一句秘訣——

藤原綾跟大自然一樣，都是不可違逆的！

總之，三天過去，部落裡誰也沒有發現我和藤原綾只是約好要扮成一對夫妻，就連蚩尤也很開心的向我表示欣慰。

「老公，到底明天之後，我們會怎麼樣？」

這天晚上，也就是要出發去西南方部落的前一天晚上，在睡覺的時候，藤原綾窩在獸皮上背對著我問著。

我坐在帳篷的另一側，抱著Q貝仔細的梳理牠身上的毛皮。看著藤原綾的背影，我笑著說：「其實我也不知道會怎麼樣。」

藤原綾突然坐了起來，將頭微微側向我這邊，用側臉看著我。

由於我的帳篷沒有門，所以月光可以映照進來。月光照在藤原綾的身上，看起來更增添了一絲美感。

「……不知道為什麼，我本來很討厭你的，甚至一直到今天早上醒來的時候，我也在告訴自己，只要忍過今天，這一切就結束了。可是到了現在，今天就要結束了，我卻突然覺得……我有一點不太想要就這麼結束。」

我愣了一下。

「你能告訴我，到底明天過後會怎麼樣嗎？」

「……我……」

我嘴巴一開一合，想說些什麼但卻說不出來。

我要怎麼說啊？我要說明天我回妳老家跟妳老爸拿了劍之後，我就要回去四千多年後嗎？這種話我就算說得出口，妳會相信嗎？馬的！妳怎麼可能會相信啊！

藤原綾突然笑了一下，然後轉身看著我。

「如果這是你當初胡謅的，想讓我心甘情願的做你妻子的招式，那你還真是成功的騙子呢！」

她露出有點害羞的笑容，然後拍拍她身下那張獸皮旁邊的空位，低著頭說：「這、這三天……你都很尊敬我，所以……假如明天其實根本不會發生什麼事情的話……那我倒是不介意……跟你做真正的夫妻。」

藤原綾害羞的時候真的很可愛啊！以前……不對，應該要說四千七百年之後的妳只要一害羞就會見笑轉生氣的扁我，根本一點都不可愛啊！現在這年代果然不流行傲嬌妹，大家都是跟嗚人的忍道一樣，有話直說的啊！該死啊！妳現在這麼可愛這根本作弊啊！

可是，可是可是可是，妳不介意但我介意啊！我明天就要離開這裡了啊！我跟妳做什麼真正的夫妻啊！到時候我走了妳怎麼辦啊？這實在是……我到底該怎麼說才好啊！

見我遲遲沒有動作，藤原綾有些失望的點點頭，又躺了回去，語帶哽咽的說：「我了解了……看來你當初果然不是騙我，你果然是真的不願意做我的老公……」

「欸欸！不是啦！」

不管我靈氣多強大，在現代還是上古，女孩子哭哭永遠都是我的弱點啊！

一聽到藤原綾要哭，我又不忍心了。但我又不可能真的去跟她做什麼夫妻……於是我只好再度說謊。

「其、其實……在我的家鄉，要結為夫妻沒這容易啊！」

「……你不是想不起以前的事情嗎？」藤原綾背對著我說道。

沒錯，早在藤原綾拉著我去說我是她老公、她是我老婆這眾人根本沒聽過的新名詞時，張三是個失憶症患者的說法就已經傳進藤原綾耳朵了。要不是因為老公老婆叫著還挺順口，我猜藤原綾早就先把我揍扁再問我幹嘛騙她了！所以到了這時候，我突然要說家鄉的事情，她反而不信啊！

「那是大部分，某些部分還是想得起來啦！」我趕緊解釋說：「總、總之啊！在我們家鄉，要真的結為夫婦……我要準備一個定情之物來送妳，然後妳要做一件新衣服穿上，兩人要在牧師或者神父或者戶政事務所櫃檯小姐的面前向上天宣示……步、步驟很複雜啦！不是妳說的，睡在一起就可以做夫妻的啊！」

藤原綾又爬了起來，很有興趣的看著我問：「……你說的是真的？」

「當、當然啊！就是……其實我說三天，就真的是騙妳的啦！我喜歡妳喜歡到不行啊！可我得準備一個貴重的東西來當定情之物啊！於是那時候我就想到三天之後，也就是明天，我要去找妳爸媽拿的那把金器，專屬於我的金器，我要拿來當定情之物送妳啊！」

藤原綾愣了一下，然後很不高興的說：「你、你怎麼現在才跟我說啊！」

「我就……怕妳不願意真的嫁啊！」

「誰不願意啊！你……吼！你現在才說，人家的新衣服都還沒有做……你……你可惡耶！」

我笑了出來，說：「好啦好啦……我早就想好了。明天我自己回去妳老家，跟妳爸媽拿了金器再回來。這一來一回最少也得兩天，夠妳做一套新衣了吧？」

「說得簡單，哪來的皮呀！用你那隻比我還疼愛的小白狐來做，你捨得嗎？」藤原綾雙手扠腰，說：「哼……明、明天我去跟村裡人要些皮吧！我老公什麼都不跟我說，肯定是想看我笑話！哼！我要睡覺了！你快點睡！要不要過來這邊隨便你啦！哼！」

說完，藤原綾就氣呼呼的躺下去睡覺，結束了這個話題。

這樣也好……畢竟，我明天就要回去了，我希望妳可以開心一點。雖然到時候妳搞不好會更氣我不告而別，不過這筆債，四千七百年妳的子孫已經往我身上討很多回去了，就算扯平了吧！

隔天，由於說好了要藤原綾留在村裡做新衣，我準備好自己簡單的行李後，便和嚮導──也就是跟著姐姐來觀光玩耍的藤原瞳，一起動身出發。但在出發之前，我把虎皮衣和Q貝留了下來。

「老婆。」我把藤原綾叫來，握著她的手，說：「我走了啊！這虎皮衣和Q貝都留給妳，妳要好好幫我照顧Q貝，知道嗎？」

藤原綾白了我一眼，說：「說這些幹什麼？講得好像你不回來似的！我會把你的Q貝顧好的啦！早點去早點……反正你等著看啦！我一定會做出最漂亮的新衣服，等你回來娶我的！」

我點點頭，沒多說什麼，也沒有十八相送，就這麼轉身出發。

在回去的路上，藤原瞳這丫頭一直跟我說一些藤原綾對我的感想。我才發現，雖然這三天我們在外人面前相敬如賓、私底下相處相敬如冰，但她向藤原瞳說的卻全然沒有一句壞話，甚至還常常在藤原瞳面前誇我待她不薄，似乎早在昨天之前就已經接受了她身為陳太太……不是，我是說「張太太」的身分了。

但我卻沒有那麼高興，只要一想到我連分別都是用謊話來帶過，我就覺得自己真的爛透了。

早上出發，走到下午才終於來到那部落。

有了藤原瞳帶路，我們很快的來到他們家。

一進去，李永然就拿著我朝思暮想、可以帶我離開的神劍走出來，然後把它當成廢鐵一樣的丟在地上，覺得我這個人很莫名其妙的說：「真不知道你要我造這種廢物出來可以做什麼！又不能打獵也不能劈柴，完全浪費了這些金鐵啊！」

雖然李永然對它的評價不高，但我卻什麼也聽不進去。當我看著李永然拿出那把「劍」的時候，我覺得我的世界又崩潰一次了。

那把的確是我有看過、我有摸過的劍。

但那並不是「專屬於我的神劍」。

李永然打造三天，在這裡交給我的，竟然是四千七百年後公孫靜手上的那把「真・軒轅劍」，也就是「夏禹劍」啊啊啊啊啊！

NO.004

我怎麼可能讓妳這麼簡單就死翹翹？

我捧著那把全新打造的、剛出爐的、熱騰騰的夏禹劍，滿腦子一片空白。

靠！怎麼會是夏禹劍啊？所有的徵兆、證據都指向了我會在今天得到軒轅劍，你看，關鍵字句就從蚩尤的嘴裡跟不要錢一樣的拚命放送，我都覺得破關音樂快要跟著The End的字幕卡一起放出來，就快要回去現代繼續我那未完的旅程了……

結果竟然會是夏禹劍！

在我拿到夏禹劍的同時，還真的晴天霹靂，開始下雨了啊啊啊啊！

我傻愣愣的站在屋外，淋著雨，完全不敢置信的看著眼前手中的夏禹劍。直到藤原瞳看不過去了，拿著一張獸皮跑過來把我蓋住，死拖活拉的將我拖進屋裡去。

「……姐夫，你怎麼了？」拖進屋裡，藤原瞳一邊幫我擦著身上的雨水，一邊關心的問說：「這把金器……不就是你要的嘛？」

我沒回應藤原瞳，而是直接問她老爸李永然：「那、那個……伯、伯父啊！不是，我是說，那個，岳、岳父大人啊！這、這把劍是不是有那麼一點……太小把了啊？」

「什麼小把？」李永然搖搖頭說：「這把金器根本就是廢物。我拿來試著砍柴也砍不動，更甭說去打獵啦！真搞不懂你要我造這廢物出來的用意何在。」

「不是……我要的是這麼大一把，不是這麼小把的啊！」

我一邊說，還一邊用手比出我熟悉的軒轅劍的尺寸給李永然看，結果李永然看了之後更是笑了出來，搖頭說：「哪來這麼多金鐵給你造這麼大的廢物啊？真要造出像你說的那麼大把，別說是砍柴砍不動了，搞不好會脆得反過來被柴砍斷！你到底有沒有常識啊？」

被一個四千七百多年前的古代人說我沒有常識實在是令人哭笑不得，畢竟我覺得我還算是知道一點牛頓三大運動定理，或者可以用點微積分幫你算些圓形的面積出來。但這都不要緊，重要的是從他說出的話可以得知，在現在這個年代，就算有冶鐵的技術，也沒辦法造出我手中那把神劍，那把正牌的軒轅劍。

沒錯，換句話說，我那把軒轅劍在這個年代，根本不可能被造出來！

得到這樣的答案，我整個人心灰意冷爆了。本來我打算要告辭離去，然而因為外面下著滂沱大雨，藤原瞳出言挽留我留宿一晚，起碼等雨停了再走，我才心灰意冷的跟著藤原瞳去到她幫我安排的地方休息。

「姐夫，這是姐姐以前睡覺的地方，今天你就在這邊休息吧！」

藤原瞳讓我坐在隔壁草屋裡的獸皮上，然後笑著說：「其、其實我覺得這個東西很漂亮……不像爸說的那麼沒用吧？雖然我不知道姐夫為什麼好像有些不開心……但我覺得姐姐看到姐夫要送她這麼漂亮的金器當禮物，一定會很喜歡的！」

靠盃！對啊！要是我今天走不了，我豈不是真的要拿這把夏禹劍當作定情之物，回去蚩尤部落娶了藤原綾嘛？不是這樣的吧？我盡量不想跟這裡的人有所牽扯，結果搞到現在，竟然還要娶妻？我在現代都沒有娶老婆了，沒道理第一次娶老婆就要娶個早我四千七百多年的女人為妻吧？這姐弟戀的範圍也太遠了啊啊啊啊！

「姐夫？你……哎唷……我、我去煮點肉湯來給你暖暖身子，你別再亂想了！」

說完，藤原瞳快步的離開了這邊，讓我可以一個人躺在獸皮上，繼續我的胡思亂想。

我運起軒轅心法讓自己冷靜。我猜測我來到這裡一定跟軒轅劍有關係，而它送我來這邊的目的也應該跟把它找回來有個八九不離十的相關程度。然而，今天在我已經觸發了多重關鍵字句之後，出現在我面前的竟然是夏禹劍……這麼不合邏輯的情況既然已經成為事實，那是不是表示還有什麼關鍵是我遺漏的？

馬的，想啊！陳佐維！快點想啊！再想不出來你乾脆拿夏禹劍自捅，死一死算了啊！

想到這邊，我突然閃過一個很恐怖的念頭——

我自己……該不會就是軒轅劍吧？

我坐了起來，倒握著夏禹劍，劍尖抵著自己的腹部，用一種電影裡面常看到的、日本武士要切腹的姿勢坐著。

該不會，我就是死了之後，吸收了這把夏禹劍，變成超大型軒轅劍，自己也變成劍靈了吧？

一念及此，我趕緊搖搖頭驅散了這個想法。因為這想法有許多的破綻，其中最大的破綻就是……假如我是因為吸收了夏禹劍才變成軒轅劍的話，沒道理現代還有一把夏禹劍。

那麼到底為什麼？

為什麼我拿到的是夏禹劍，而真正的軒轅劍，又應該怎麼樣在這個用技術無法完美打造出來的年代中出現呢？

我閉上眼睛，繼續去回想現代我曾經經歷的、所有跟軒轅劍有關的回憶。

最後，我突然想到一件很重要的事情。

當初指出我手中的軒轅劍不叫軒轅劍的人，是聽說從上古時代就活到現代的狐仙娘娘。而她所說的關鍵字眼，除了我手上的軒轅劍不是軒轅劍之外，就是我手上這把劍才是軒轅黃帝當初拿來挑戰黑龍的武器，而挑戰黑龍的人不但有軒轅黃帝，還有另外兩個不知道是誰的隱藏人物。

「……對啊！」我越想越開心，忍不住哈哈大笑的自言自語說：「對啊！沒錯啊！所以要拿到軒轅劍離開這個年代的話，我現在正走在正確的道路上沒錯啊！哈哈哈哈！」

沒錯，假如狐仙娘娘說的是真的，那麼在決戰黑龍的時候，我的軒轅劍根本還沒被打造出來。換句話說，軒轅劍八成是在上古時代黑龍初登場結果被打倒、被封印了之後，才趁機打造出來的最後決戰武器。

所以，要得到軒轅劍的話，就必須要完成幾個條件：要讓黃帝拿著夏禹劍，要等黑龍登場，要找到決戰黑龍的另外兩個人，等他們把黑龍封印起來後，軒轅劍就會「等愣～」一聲自己跳出來對我說「你要見我，這不是見到了？」啊！

因此，得到夏禹劍之後，我必須要想辦法將這把夏禹劍交給軒轅黃帝，後面的事情就是等時間到了自己會發生啊！時間到了，黑龍就會登場；黑龍一登場，該跳出來決戰的人也就會登場。那我只需要等時間一到，軒轅劍就手到擒來，我也可以跟大家說掰掰。所以當務之急就是找到軒轅黃帝……

……幹！那不就又回到原點了！就跟你說過這個年代沒什麼軒轅黃帝了啊啊啊啊啊！

「……姐夫，你在想什麼？」

獨自待在這裡的我，心情好像在洗三溫暖，完全沒注意到藤原瞳已經端著肉湯回來了。她將肉湯放在我身邊，關心的問我：「你心情有好些了嗎？」

我點點頭，對她說：「有，我想通了一些事情。我沒事了，妳早點休息吧！」

「嗯。」藤原瞳點點頭，起身說：「我就在外面，有需要的話就叫我一聲吧！」

「嗯，掰～」

送走藤原瞳，我趕快把肉湯喝一喝，倒在獸皮上休息，邊睡邊思考我的未來。

我相信軒轅黃帝應該是存在的，蚩尤說沒這個人，可能只是他不知道。但既然「軒轅黃帝」所使用的夏禹劍已經現世，沒道理有劍卻沒有人啊！所以……

我要去找炎帝。

⊕⊕⊕　　⊕⊕⊕

隔天一早，我找了個熟路的嚮導領著我回蚩尤的部落。這一趟路走下來，又是從早上走到下午。到了部落附近，這邊的路我還算認得，加上我也不希望那嚮導自己迷路，所以請他趕快先回去，我自己走完剩下的路程。

而且……其實他這樣慢慢的走實在很拖時間……所以他一走，我馬上施展「軒轅神功」裡的高級輕功，在樹林間穿梭自如！

在樹梢間跳來跳去的當下，我突然想到一件這次回去可能又要面對另一個會讓我壓力很大的事情——

藤原綾。

前天晚上我好說歹說的說謊，就是想著先把她哄過去了，拿了劍我就要回現代、當作沒這回事。大概就是在上古時代會多一個感情受創從此再也不相信男人、然後性格偏差的小姐。而且她本來性格就偏差，搞不好再偏差一次會負負得正，反而變得溫柔起來，那我就功德無量了。

結果劍是拿到了，但卻走不了，我肯定要回去面對藤原綾的啊！

一想到這事，我在樹梢間飛躍的速度就慢了下來，甚至當我跳到部落外面的大樹上頭時，我還猶豫著要不要踏進部落。

正猶豫間，我這才注意到部落裡有騷動，而且發生在我的帳篷外面。

我施展了「軒轅神功」之後，便清楚的看到有三個陌生男子正團團包圍著抱著Q貝的藤原綾，面露淫邪的笑容。而由於村裡的男人現在還在外面打獵，所以沒有人敢上前阻止這椿惡行。

馬的！心情就很不好了，你們還敢來太歲頭上動土？趁我不在的時候，你們是想要對我的……寵物幹嘛啊！

於是我站了起來，用力的把手中的夏禹劍朝著那邊的方向扔了過去，夏禹劍馬上有如流星一般的墜地，在地面炸出一個巨大的隕石坑。接著我雙腳發力，一個暴力的大跳躍，直朝夏禹劍所在的位置跳了過去。

然而，這邊的大樹雖然高，距離帳篷那邊也遠，但因為我的修為實在非常人可以想像，所以落地的時候我倒是一點事都沒有，安穩的站在地面上。

「老公！」

一看到我出現了，藤原綾立刻抱著Q貝往我這邊跑來，然後對我說：「這三個外地人今天跑進村子，要搶你的虎皮衣……還想對我……」

「我剛剛有看到。」

我點點頭，站到藤原綾的前面，瞪著那三個不知道打哪來的人說：「馬的！你們這三個王八蛋，趁我不在的時候想要幹嘛啊？知不知道我是誰啊？」

「我管你是誰啊？大爺我們看上你身後那女人還有那隻白狐狸，要把她帶回去，識相的最好給噗哇！」

那人話還沒說完，我一個箭步就衝到他面前，用盡全力一拳打在那人的肚子上。要知道，我現在全力一拳可以打斷一棵樹，打在人身上那還得了？就看那個原本很囂張在嗆聲的傢伙挨了我一拳之後，馬上飛了好幾公尺遠，甚至還撞倒了一頂帳篷才停下。

另外兩個看我一出手就是打飛一個人，馬上把腰間配著的獵刀拔了出來，一邊吆喝著、一邊朝我衝殺過來。

雖然他們的氣勢有些強，但看在我眼中，這動作簡直跟慢動作播放的影片沒什麼兩樣。我一個彎腰壓低身子，巧妙的從兩人劈砍動作中的空隙閃過了他們的攻勢，接著腳步變化，分別給他們一人一記水行鑽拳，賞在他們的膝蓋上，只聽見啪啪兩聲，兩人的右腳馬上就被廢掉了。

接著，我同時抓住他們的頸子，把他們用力的往另外一個人的方向丟了過去，這一丟，他們三個人就撞成一團。

這下子便知道我是他們惹不起的狠角色，他們趕緊攙扶著彼此，放下「你給我記住！等我回去通報炎帝！你們部落遲早被我們踏平！」的狠話後，狼狽的逃走了。

倒是我聽到他們的狠話之後，心裡大吃一驚。本來還想說可能要先去找炎帝，才有機會從炎帝身上找到黃帝的線索，我正苦於不知道該怎麼去找炎帝，結果沒想到炎帝的人馬竟然自己找上門來了？

而且我還親手把他們打成重傷啊！還沒找炎帝就先把炎帝的人打傷了，這第一印象肯定不妙啊啊啊啊啊！

「老公……老公！」

我還在那邊看著炎帝的人，懊悔著自己下手太快又太狠，突然有個人從我身後把我環抱住。不用說也知道，正是受了驚嚇的藤原綾。我趕緊輕輕的鬆開了藤原綾的擁抱，回頭關心的問她：「妳沒事吧？有沒有受傷？」

藤原綾臉色發白，但她搖搖頭，表示自己沒有受傷。

我鬆了口氣，點點頭說：「沒受傷便好……」

「一點都不好……虎、虎皮衣被搶走了……人家趕工縫製的新衣也被他們毀了……一點、一點也不好啊！」

說著，藤原綾又緊緊的抱住我，然後嚎啕大哭。

這讓我心裡面挺複雜的。我所認識的藤原綾幾乎是個超級無敵堅強的女超人，就我對她的了解，即使她被妖魔鬼怪打到身上到處都掛彩，她也幾乎不會吭一聲，更別說為了這麼一點芝麻綠豆大小的事情哭成這樣。

但是……這麼嬌弱的藤原綾好萌啊！比她凶狠的時候可愛好幾萬倍啊！當年要是她別這麼凶，在我魔力完全開發不出來的時候像現在這樣哭這麼一下，我搞不好早就成為魔法大師了啊！

不過，一直讓她哭下去也不是好事，我好聲好氣的安撫著她，然後摟著她、抱著Q貝，回去帳篷裡休息。

帳篷裡已經被那三個炎帝派來的人弄得亂七八糟，地上還有一塊破破爛爛的麻布，想必就是藤原綾所趕工縫製的新衣。一看到新衣服變成這樣，藤原綾哭得更傷心難過了。要知道，本來那隻母老虎在裝哭的時候，我就會對她言聽計從了，更何況現在她根本嬌弱到不行啊！

所以我立刻把夏禹劍拿出來，安慰藤原綾，跟她說新衣服壞了沒關係，重點不在衣服，在於她有沒有平安無事。幸好我嘴炮技能在現代的時候有點滿，最後還是成功安撫好藤原綾了。

晚上，當收拾好破碎心情的藤原綾在帳篷外面做飯，我坐在帳篷裡面研究夏禹劍的時候，蚩尤出現了。

他手上拿著那件之前被搶走的虎皮衣，臉色陰鬱的走進帳篷，坐在我身邊。

一坐下，蚩尤把虎皮衣放好，語重心長的說：「張三，你這次闖大禍了。」

「……我知道。」我點點頭，畢竟那群人的嗆聲是當面對著我的，我不可能不清楚。

「那三個人找到我，告你的狀，說要是我不給他們一個交代，他們就要回報炎帝那傢伙這件事情。」

我把夏禹劍收起來，對蚩尤說：「我知道……不過，這也是大哥你教我的。要為了保護身邊的人而戰，不是嗎？」

聽到我這樣講，蚩尤反而笑了出來。他點點頭說：「沒錯，不過有的時候，你還是太過仁慈了。今天下午那三人相當生氣啊！等他們回去炎帝那邊，咱們部落肯定不好受。」

我沒有回應，因為我也不知道要說什麼才好，只是看著蚩尤，想知道結果怎麼了。

蚩尤笑了笑，說：「所以我把他們都殺了。」

「咦？」我愣了一下。

雖然今天下午我出手算很重，甚至依我的修為，要我真的把他們打死也不是不可能。但要我殺人？這心理負擔實在太大。而且我也很怕我不小心真的殺到誰，現代的某個人就會因此而消失不見啊！結果想不到，我雖然沒殺他們，他們還是因為這件事情而死，讓我心裡感覺有些疙瘩。

「沒辦法……就當作他們在路上被野獸吃了便是。」蚩尤搖搖頭，說：「不過他們今天會來，就表示炎帝那傢伙又要找我討東西進貢了。算算日子，也差不多時候該去進貢金器了。」

聽到這種話，我不難想像為什麼今天下午那三個使者敢這麼囂張。從蚩尤說他認識炎帝，到現在蚩尤說炎帝要他進貢金器這點來推斷，這炎帝八成是蚩尤的老闆。我歷史懂得不算多，不過說真的，我還真不知道原來炎帝和蚩尤還有這麼一層關係。

看我又若有所思的樣子，蚩尤便哈哈大笑，說：「張三你別太擔心了。炎帝跟咱們這邊之間的距離，路途遙遠，使者在路上被野獸吃掉的事情很常見。這件事情只要明天我找人送些金器進貢上去，就可以解決啦！別放在心上，倒是綾兒受了驚嚇，你得好好關心關心人家。」

我撫著下巴，聽著蚩尤的話，心想這可能會是個好理由。於是我自告奮勇的說：「大哥，不然我親自走這一趟吧！」

蚩尤聽到我這麼說，臉上表情有些疑惑。

我立刻解釋：「這事情說到底也是我闖下的。就算人家不知道，禮貌上我親自去一趟，也比較不會失禮數。大哥你說……」

「不，我疑惑的不是這個。」蚩尤搖搖頭，打斷我的話，然後說：「張三，我記得你之前也說過想要去找炎帝那傢伙，到底為什麼你這麼執著要去找他？」

「呃……這個……我好像也有跟你說過，因為我清醒過來之後，我腦子裡唯一還記得的人就是炎帝……所以我想，要是我過去找他，或許他能知道我是誰也不一定……」

這下換蚩尤用跟我剛才一樣的姿勢在思考，不得不說他真的跟我長很像啊！

他思考一下，便說：「我覺得炎帝那傢伙不太一定能知道你是誰呢！」

「咦？為、為什麼啊？」

「因為炎帝是我爸爸。」

靠！我剛才還在想說我歷史讀得不好，不知道你和炎帝是什麼關係，結果你突然說他是你老爸這是哪招啊？難道我也會在這個年代看到我老爸登場嗎？

老爸你最好不要跟蚩尤一樣也開後宮啊！要不然等我回去現代之後，我一定向老媽告狀的啊！

「……哈哈，不過，或許他還真的知道也不一定。」蚩尤笑了笑，拍拍我的肩膀解釋著：「你如果真的要去，那大哥我會親自帶你走一趟。不過你得再等一下，畢竟這一趟路出去，得花上不少時間才能到達。靜兒有孕在身，大哥不放心她。所以，等靜兒生了之後，大哥一定會帶你去找炎帝那傢伙。」

得到這個前幾天好像也聽他說過的答案，我實在有點不是滋味。畢竟這可是攸關著我到底能不能離開這個年代的大事！蚩尤這小子一拖又拖，實在讓我有點不爽啊！

不過，不爽歸不爽，心急歸心急，我還真的找不到其他理由反駁蚩尤的理由。可就在我要苦笑著對蚩尤說我可以等的時候，突然看到韓太妍緊張的跑了進來，一進來就拉著蚩尤的手要往外拖。

一看韓太妍這麼粗魯的行為，蚩尤有些惱怒的說：「妍兒！沒看到我在跟兄弟說話嗎？」

「唉唷，靜兒她突然要生了！你快去看看啊！」

聽到這個消息，蚩尤原本還惱怒的臉，馬上也跟著變得緊張，說聲「什麼？要生了？」後，就自己跑出去了。

而我則是又驚又喜，也跟著跑了過去，想要看人家生小孩……我是說關心一下……

嗯，不對啊！

雖然我生物不好，但懷孕生小孩不是要懷胎十月？就算沒有十月，也該要有九個月吧？我記得公孫靜她不是才六、七個月而已……現在要生？太快了吧？

公孫靜畢竟是蚩尤的三老婆，跟一般凡夫俗子是不一樣的，加上現在要生就肯定是早產，所以村子裡的人不管有沒有事情要做，全部都圍到蚩尤的帳篷去湊熱鬧。

「老公！」

我才剛來，剛才在做晚餐的藤原綾也跟了過來。於是，我先退出人群，走到她身邊，問：「呃，妳不是在煮飯嗎？」

「嫂嫂的事情比較重要啊！還煮什麼飯啊？」藤原綾緊張的說著。

從她說話的方式我可以肯定，她可能已經從受驚狀態恢復了。

「說得也是啦……」我點點頭，但轉頭看著那些人，便很無奈的說：「嘖……可是這裡人這麼多，擠不進去看不到裡面，也沒意義啊！」

「……啊你是不會叫他們讓我們過去喔？」藤原綾白了我一眼，說著。

我突然覺得藤原綾還是嬌弱一點比較可愛啊！現在這麼逼機的樣子，雖然懷念，但也太不可愛了啊！

然而，她說得沒錯，我在這裡的身分地位大概僅次於蚩尤而已，幹嘛還需要在這邊跟人擠啊？

於是我拉著藤原綾的手，對著前面的人喊借過借過借過借過借過，大概喊了五六七八次，就這麼擠到最裡面了。

但即便是這樣，我們還是看不到帳篷裡的情況，因為我和藤原綾兩人只能擠到帳篷門口，接下來就被一群手拉手的大嬸擋住。但能擠到這邊已經很厲害了，因為我轉頭一看，我發現蚩尤也被擋在這裡乾著急。

我扯開喉嚨對著我面前的大嬸吼道：「欸欸！好歹讓我大哥過去吧！」

「生孩子是女人的事情，男人過來幹什麼？就算是酋長也不行！」

「咦？」

在現代社會，很多女人生小孩時，老公還會拿攝影機進去拍，甚至有的人拍沒多久結果自己昏倒的，所以我壓根沒想過，在這年代生小孩這件事情還是男人勿近的。這一喊反而鬧了笑話，甚至藤原綾還真的不小心笑了出來。雖然她馬上忍住，但還是被我聽到了。

我回頭無奈的看了藤原綾一眼，然後才看看旁邊那焦急的蚩尤，心想他肯定很擔心公孫靜的情況。

事實上，我也是。

雖然這個年代的公孫靜跟我一點交集都沒有，但對我來說，她也是我的好朋友之一。好朋友要生孩子，但卻是早產這種壞消息，我很難不緊張，就更不用說好朋友的老公了。

於是我主動的勾著蚩尤的脖子，想把他架到一邊去。

「張、張三啊！你別鬧了！我要在這裡看靜兒啊！」

「你在這裡又進不去，有屁用啊！過來啦！」

說完，我讓藤原綾繼續幫我們倆卡位，接著就硬把蚩尤架到旁邊，要他在這裡坐著，然後我才坐到他身邊，對他說：「我知道你很緊張，可是緊張也沒用啊！生孩子是女人的事情，男人過去幹嘛啊！」

「可靜兒怎麼會在這時候生孩子的……不應該啊！」蚩尤緊張得都快哭了，超無助的搭著我的肩膀說：「算算日子，起碼還要兩個月才會生……怎麼會在這時候生？唉……」

我們倆坐著的地方其實就只是在帳篷旁邊，而且帳篷有什麼隔音可言？因此，帳篷內有什麼動靜，外面可說是一清二楚。就在蚩尤跟我囉哩叭嗦，娘娘腔到我都想扁他的時候，從帳篷裡面突然傳來了公孫靜的叫聲，讓我和蚩尤都安靜下來。

「靜、靜、靜兒！」

一聽到公孫靜叫，蚩尤就要暴走了，對著帳篷大喊著。

我怕他會衝進去，趕緊運起「軒轅神功」，拚了全身力氣的想要拉住他，結果這事還不簡單啊！我原本以為在「軒轅神功」的幫助之下，要制住這個單純力量大的野蠻人不是什麼難事，結果不但不輕鬆，一開始我還因為太大意，差點整個人被他拖走，可見這蚩尤的力氣有多大。

「大哥冷靜啊！有、有在叫表示嫂子很努力的在生啊！她會沒事的啦！真的啦！」說是這樣說，但其實不知道為啥，我也覺得有些緊張。可惡，別人老婆要生了我緊張什麼啊？真的只能說公孫靜以前跟我太熟了啊！

就在這個時候，從帳篷裡面又傳來一陣騷動。仔細一聽……好像是生出來了？

咦，生孩子是這麼快的事情喔？

一聽到孩子生出來了，我感覺到蚩尤的力量突然鬆懈下來，便順勢放開了他。當然，我也算是鬆了口氣，就拍拍蚩尤的肩膀，向他說恭喜。

結果，好消息還沒完全傳出來，帳篷裡面又起了騷動。就聽到在裡頭幫忙的女孩子每個都慌了，好像是因為公孫靜她突然噴血還是啥事，總之裡面非常混亂。

一聽到又出事了，好不容易才放鬆的蚩尤馬上又暴走，一邊喊著「靜兒！」，一邊快速的朝著帳篷裡面衝進去。我根本來不及拉住他！而且我也跟著又緊張了起來，只能趕緊跟在蚩尤的身後要過去關心關心。

但是我一回頭，一看到那些還圍在帳篷外面的人，不知道為什麼我就覺得這麼多人圍觀不是啥好事，便趕緊要他們統統疏散開來。原本外面那些人是圍觀過來看喜事的，結果這生個孩子弄到一波三折，喜悅都沒了啊！如今聽我要大家快回去睡覺，眾人便也趕緊做鳥獸散。

但此刻，混亂的反而是帳篷裡面。

我一看裡面，慕容雪、韓太妍和其他來幫忙的婆婆以及剛剛也成功擠進來的藤原綾，每個人臉上都充滿了緊張和驚慌，手上拿著的都是染血的獸皮、麻布。

不知道為啥，看到這一幕，我整個人突然變得很害怕。

雖然在這年代，公孫靜跟我沒有交集，甚至在我那年代，我對公孫靜其實也有點愛理不理，但大家住在一個屋簷下這麼久，她好歹喊我老公也喊了快半年，怎麼可能一點感情都沒有？就算我知道裡面那個人不是我認識的公孫靜，但一個模子印出來的長相生在她臉上，還是讓我在無意間把自己認識的人投射到她身上。

因此，我突然很害怕，我覺得自己可能會在這時候失去了這個朋友、紅粉知己……或者該說，老婆。

我運起「軒轅神功」，壓抑心中那股恐懼，慢慢的走了進去。此刻混亂的狀況已經暫停，眾人很有默契的圍成一圈。幾個跟公孫靜比較好的姐妹都哭成一團。地上散落著染滿鮮血的紅布，甚至可以在眾人腳邊看到地上墊著的染紅的獸皮。

我從藤原綾旁邊擠了進去，這裡可以清楚的看見最裡面的情況。

我看到臉色蒼白、滿頭大汗、氣若游絲的公孫靜，抱著瘦小到比猴子還小隻的小孩，露出一臉混雜著滿足和遺憾的表情，躺在蚩尤的懷裡；而蚩尤則是一直說著語焉不詳的安慰話語，說到聲淚俱下、泣不成聲。

再往下看，公孫靜的下身披著一塊獸皮，但她體內流出的鮮血，早就將獸皮染成恐怖的殷紅。

「……我不能……幫你生個兒子……」

公孫靜小小小小聲的對蚩尤說著，那聲音還斷斷續續，彷彿在交代遺言一樣。而蚩尤根本不給她說這種不吉利的話，一直哭著，要他的靜兒不准說這種話。

「你抱抱她……」公孫靜眼淚掉了下來，「我沒力氣了……怕摔……了……」

蚩尤當然沒有去抱那小孩，反而是慕容雪過去幫忙把小孩抱走。大家心裡都知道會發生什麼事情，但沒有人願意看到這種事情發生。

蚩尤很無助的哭著，緊抱著公孫靜要她繼續說話，但公孫靜在把小孩交給慕容雪之後，露出一個帶著遺憾的微笑後，眼睛就閉上了。

原本放在蚩尤身上的手，也無力的垂下。

……香消玉殞。

「啊啊啊啊啊——————！」

蚩尤仰天大吼，哭出來的聲音難聽到靠盃，但他是真的難過。他一直對周邊的人哭著，求人救救他的靜兒。

我想他完全不能接受這種事情吧？前幾天自己的兄弟才剛娶老婆，今天又多了個女兒，結果卻死了一個老婆。從喜事變成喪事，誰都不能接受啊！

我也不能接受啊！

公孫靜對我來說，一直都是那個擋在我前面、替我抵擋各種危險的絕世高手；在家裡，又是個對我百依百順、任勞任怨的在照顧我的老婆。現在看到她說死就死，我怎麼可能會讓這種事情發生？

幹！我怎麼可能會讓這種事情發生啦！

我撥開人群走了進去，推開蚩尤，然後坐到公孫靜身後，把她抱進我懷裡。

「張三！你……」

「閉嘴！」我狠狠的瞪了蚩尤一眼，然後就不管他了。

我從背後環抱著公孫靜沒有一絲力氣的身體，將雙手放在她的胸部上，運起「軒轅神功」，想要將我的靈氣輸進去她的體內。

我在公孫靜耳邊小小聲的說著：「我一定會救妳，而且是用妳教我的『軒轅神功』救妳！」

在我抱著她的時候，那段她總是在我背後抱著我練功的回憶又繞上我的心頭，讓我覺得此刻在我懷裡的，還是那個總是乖乖站在我身後，溫柔喚我「老公」的那個公孫靜。

「怦咚。」

就在這個時候，公孫靜那早已停止跳動的心臟，跳了一下。接著，一下又一下，很快的，她就有了呼吸。

這個故事裡最大的外掛「軒轅神功」，再度證明了它的功效！連真正死了一分鐘左右的人都被我救回來了啊啊啊啊！

看到這麼神奇的事情發生，蚩尤震撼得一句話也說不出來。他本想過來跟我搶人，但我又瞪了他一眼，他便知道我還沒完功，乖乖的蹲在公孫靜身邊，淚流滿面握著她的手。

我維持這個姿勢大約三分鐘或者半小時，我不知道過了多久，直到她連氣色都恢復正常、只差清醒的時候，我才停止運功。接著我放開了公孫靜，把她交給蚩尤。

蚩尤將從鬼門關前走一遭的公孫靜緊緊抱著，雙眼一直看著我。他沒跟我說話，但從他的眼神裡我看得出來，他對我充滿了滿滿的感激。

我對蚩尤擠出微笑，然後站起來想要離開這裡，結果才剛站起身，馬上一陣天旋地轉，眼前一黑，換我不省人事去了……

當我再睜開眼睛的時候，我已經回到自己的帳篷了。我是躺在獸皮上醒來的。

「……老、老公！」

一醒來，抱著Q貝的藤原綾馬上湊過來擔心的問我：「怎麼樣了？沒事吧？不要嚇我……嗚……」

一看到藤原綾說沒兩句就要哭，我趕緊笑著搖頭表示已經沒事了。然後我坐了起來，問她在我昏過去之後發生了什麼事情。結果這一問，藤原綾又哭了。

她說我昏倒之後，大家一度以為我是用自己的命跟公孫靜作交換，把大家都嚇死了！要不是我還有呼吸心跳，藤原綾當場大概也要昏了。不過我會昏倒，我自己是知道原因的，就只是因為我要救公孫靜，結果耗盡靈氣。而聽藤原綾說我昏倒到現在也沒過多久，表示我已經很有進步了。

「小靜她……沒事吧？」

原本我還以為藤原綾只是太擔心我了，說話的時候才會一直哭，結果我一問她公孫靜的事情，她反而哭得更傷心。害我緊張的又問：「怎、怎麼了？快說啊！」

「嫂嫂沒事……只是……只是……」

「只是什麼啦！吼！快說！」

藤原綾抱著Q貝大哭起來，邊哭邊說：「小孩死掉了啊……」

村裡舉辦了簡單的葬禮。

其實嚴格說起來，這麼小的小小孩，跟村子裡面的人都不熟，大家還來不及認識她，她也來不及認識這個世界就走了，是不會幫她舉辦葬禮的。但這死掉的小小孩不是別人，而是大酋長的小女兒，所以雖然跟大家都不熟，村裡還是籠罩在低氣壓下。

而且，這也許是一個必然的結果。

在現代，早產兒在各種先進醫療設備的照顧之下，都不見得每個人可以平安長大了，更何況我現在身處的年代是什麼狀況？只能用獸皮包著，連個藥品、營養劑都生不出來的時代啊！就算是正常出生的小孩死亡率都不低了，這小小孩還是個提早兩、三個月就迫不及待出來看世界的寶寶……

這讓我整個人悶爆了。

沒有所謂的棺材，小小孩就是很簡單的用塊麻布蓋著，放在也不需要挖很深的土坑裡面。村民一個接一個的拿著摘來的花朵，灑在她的身上，並且低語著一些希望她可以在另外的世界裡過得更好的話。

我牽著藤原綾，兩人各拿一朵白色的不知名小花，來到土坑邊。看著坑裡那被花瓣和麻布蓋住的小小孩，我真的覺得很難過。但難過的事情，除了是替這小小孩還沒能認識世界就先去另外的世界惋惜外，我還替公孫靜和蚩尤感到難過。

我們把小花丟進土坑裡，就向旁邊的家屬──也就是慕容雪、韓太妍和蚩黎──致意，然後離開了葬禮的現場。蚩尤和公孫靜不在，公孫靜身子可能還沒復原，而且這場面也太殘忍，他們不在也好。

回到自己的帳篷，我很悶的坐在獸皮上，悶到連Q貝都感覺到了，乖乖的遠離我身邊。藤原綾挨在我身邊坐著，也悶悶的不說話。

「如果我有注意到小孩的情況，我一定會先救小孩的。」沉默很久之後，我才終於開口：「她還那麼小……我早該知道這麼早出生的小孩會有問題……如果我先救小孩……母女肯定都會平安的！」

「老公……」

我用雙手遮著自己的臉，很難過的說：「救那小小孩肯定花不了什麼靈氣……是我沒有注意到……都是我……害的……」

藤原綾見我一直自責，突然張臂環抱住我。她也很難過，聲音也很哽咽，但她還是一直在安慰我。

這一天很難過，但還是過了。

⊕⊕⊕　　⊕⊕⊕

隔天一早，蚩尤沒有穿著打獵的裝備，卻是表情嚴肅的跑來找我，要我陪他去走走，就我跟他兩個人。看他眼眶紅紅的樣子，就知道昨天他沒少哭過。於是我點點頭，跟他一起離開了村子，在附近的森林裡面亂走。

一開始就只是亂走。他不想說話，我也不想問他。發生這種事情之後，我覺得我怎樣問他問題，怎樣都不對。所以，與其在那邊一直關心，不如等他自己向我開口的好。

「我第一次覺得自己很無能。」走了不知道多久，蚩尤才開了口。

「我一直都是九黎八十一部落裡，最強壯的勇士。從我來到這裡之後，靠著我的力量，幾乎沒有辦不到的事情。我相信我可以把所有想要傷害我、傷害我的家人朋友的敵人統統打倒……我是這樣相信的……」蚩尤說著，聲音有些顫抖。

我不敢去看他，我怕他會哭得很難看，就跟我自己哭的時候一樣。

「我在娶靜兒的時候，跟婆婆說我一定會保護靜兒……我答應過的……」

「……大哥，生老病死是每個人都會碰到的事情，你別太難過了。」

我拍拍蚩尤的肩膀，但我還是不敢看他，就這樣看著前面安慰他說：「我相信，嫂子一定還是會把你當作那個可以保護她的大力士，況且如果今天不是這種事情，而是有人跑來騷擾嫂子，那大哥肯定還是可以保護她的。但……就像我說的，生老病死每個人都躲不掉的，這真的沒辦法……」

這時候，蚩尤突然撲通一聲跪了下來，把我嚇了一跳。他跪在我面前，很用力的對我磕了個響頭，甚至我都聽到碰的一聲了。

「你有辦法啊！」蚩尤維持著跪在地上的 Orz 姿勢，臉沒有抬起來，「你可以把死去的靜兒救回來……你可以！可是我不行……要是我也會……寶寶就不會死了啊……你教我……你教我你的辦法……」

「大哥你別這樣！」

我嚇得趕緊將他扶起來，但他只被我拉起來一下，被我看到那因為額頭破了而鮮血直流、混雜著泥土和淚痕的髒臉後，他又推開我，然後再度 Orz 下去。

「教我。」

不行啊！我怎麼可以在「軒轅神功」被「發明」出來前教你啊！這樣不就……

想到這邊，我突然發現自己幹了一件天大的蠢事！

「軒轅神功」在這年代還沒被「發明」出來。所以歷史上公孫靜肯定會在前幾天，那場早產加難產的意外中喪生，母女都肯定會死！因為歷史上沒有人會在這時候出手用「軒轅神功」救她！沒有！

但我救了。

幹！我救了！

歷史被我改寫了啊！我明明很小心翼翼，不要讓自己做出破壞歷史順序，導致自己沒辦法離開這年代的事情。結果竟然因為一時衝動，做出這種傷天害理的大事！

我看著面前這個還在跪我的蚩尤，心裡一團複雜。我已經改變歷史了，我絕對不可能再繼續改變下去。我絕對不可能教他「軒轅神功」的啊！這可不是那種「反正又不是第一次蹺課，蹺一次課跟蹺一百次課都一樣啦」的情況啊！

「我不能教你。」我忍下心裡的猶豫，「大哥……你跟我不一樣。我不能教你。」

「哪裡不一樣？」蚩尤聽我說我不能教他，很激動的把頭抬起來，說：「就連長相！我們倆都接近一模一樣，你跟我哪裡不一樣了？」

「因為我……」

我真的差點就要跟他說我叫陳佐維，來自二十一世紀這種話了。但我最後還是沒把話說出口，畢竟要是真的說出來，搞不好歷史會被破壞得更嚴重。我什麼都不能透露，只能把這些秘密藏在心中。

所以，我又說謊了。

我蹲了下來，對蚩尤說：「大哥，我什麼都想不起來。我只會用，不會教。你如果想學，也要等我把記憶找回來。」

蚩尤還是跪著，沒有說話。他想了想之後，就用衣服把臉抹一抹——其實這樣反而更髒啊！

「……我懂了。」蚩尤站了起來，說：「你要去找炎帝。」

我也站了起來，點點頭說：「對……大哥，你相信我，我真的不是不願意教你……如果我對你沒有兄弟感情，當時我也不會出手去救……」

「不用說了。」蚩尤拍拍我的肩膀，打斷我的話。他擠出笑容，說：「這件事情，一直到現在我還是感激你的。如果沒有你，甚至靜兒也可能會……」

「別說了別說了！」我趕緊打斷蚩尤的話，也笑著問：「嫂子她人還好嗎？」

蚩尤愣了一下，嘆口氣，點點頭說：「人還好……就是，一直很難過。得有人在她旁邊照顧著。你要來看看她嗎？」

我點點頭，於是我們又一起回到村子，回去蚩尤他的帳篷，看看公孫靜現在的樣子。

我們走進帳篷，慕容雪和韓太妍正在陪伴公孫靜。

這畫面好像很常見，但不同的是此時三人的表情都沒有以前開心，甚至韓太妍也沒把小孩帶著，感覺就像是怕刺激到公孫靜一樣。她們一看到我們，慕容雪和韓太妍就先離開了，好讓我們可以跟公孫靜聊一聊。

「靜兒，張三來看妳了。」蚩尤坐到獸皮上，溫柔的輕輕的摟著面無表情的公孫靜。

一看到公孫靜現在的樣子，我反而嚇了一跳。

在這裡，雖然我和她沒有啥交集，幾乎都只能遠望，但她跟我那年代的公孫靜卻相反，她只是比較文靜，臉部表情則是挺豐富的，會哭會笑。結果現在，她這面無表情的木訥樣子，卻跟我那年代的公孫靜更接近了。

一看到這樣子的公孫靜，我就覺得更難過了。

在我那裡，公孫靜原本是面無表情的小龍女，碰上我之後，漸漸跟人有了互動，有了情緒上的波動；但在這裡，公孫靜反而是碰上我之後，才變成那面無表情的小龍女。

我深呼吸一口氣，往前走了一步，蹲了下來，慰問道：「嫂、嫂子……還好嗎？」

公孫靜看了我一眼，那眼神像冰一樣寒冷。

「……為什麼救我？」

「……啊？」

說著，公孫靜的淚水就滑落臉龐，她一直問我「為什麼救的是她而不是孩子？」這種問題，但我根本不知道怎樣回答啊！要不是因為當時情況太危急，現在想想，我根本連妳都不該救。

但我能說什麼呢？我什麼都說不出來，只能閉著嘴巴，難過的面對她的質疑。

「靜兒！不要為難張三了！」蚩尤趕緊出來幫我們打圓場，對公孫靜說：「如果不是張三……妳也不會有機會在這裡罵他了啊！」

公孫靜看了蚩尤一眼，終於有了笑容，但那笑容卻很哀傷。她推開蚩尤，然後對我們點點頭，接著突然改變姿勢，對我跪拜下來。

「是啊……我的命是你的……但這輩子我還不了了。如果有下輩子……我再還吧……」

這句話像是雷電一樣打在我心上。

公孫靜說完，又恢復成原本的面無表情，然後躺回獸皮上，背對著我和蚩尤下逐客令，要我們倆都出去。

兩個大男人站在帳篷外面不知道該說什麼。過了好半天，蚩尤才拍拍我的肩膀。

「張三……我們明天就出發，我帶你去找炎帝。」

現代魔法師的終點與未來
我還很愛你，只要你願意再跟我在一起，即使你忘記我們的過去也沒關係。
只要你再愛上我一次就好……
所以，我們握手言和好嗎？
吐槽系作者佐維＋知名插畫家Riv
《現代魔法師08》2014年5月，終極挑戰大圓滿！
典藏閣
華文聯合出版平台
www.book4u.com.tw
采舍國際
www.silkbook.com
不思議工作室
立即搜尋
版權所有© Copyright 2014

NO.005

出發總要有個方向，我們找卒帝去！

隔天一早，蚩尤就組成了一支炎帝特攻隊。

要去找炎帝，雖然對他來說就只是去找他老爸，但事實上，對方的身分並不只是他老爸這麼單純，還是他老闆！光是稱號有個帝字，就知道這身分有多尊榮。

要去找他老爸跟我要去找我老爸是兩碼子事，我不帶禮物回去找我爸，我爸可能還會主動幫我買便當，可蚩尤要是不帶禮物回去找他爸，搞不好他爸會讓他領便當！所以啦，除了我們家和蚩尤一家以外，還有很多幫忙帶禮物的壯丁跟著。

但扣掉這麼大陣仗和各種禮物讓我覺得驚奇以外，比較令我在意的，是公孫靜竟然也出現在這團隊裡面。

「大哥，嫂子她不是才剛……這身子能負荷長途跋涉嗎？」

聽了我的問題，蚩尤點點頭，說：「行。她身子倒不像雪兒和妍兒一般，生過孩子得坐月子好生休養。除了心情比較不好外，身子反而比懷孕前強壯了，真不知道怎麼回事。」

我一聽，隱約猜到是「軒轅神功」的作用。但既然她身體狀況無恙，那出來旅行這一趟，也許對心情會比較好，我也就不擔心了。

炎帝所在的位置，在北方。蚩尤說那是在黃河。長江、黃河這我常聽到，所以一開始我猜可能也不遠。結果聽說這去一趟沒有走上一個多月，肯定到不了，我才知道原來長江和黃河隔這麼遠。

「所以……大哥，你該不會也有個妹妹吧？」

「嗯？有。」蚩尤一邊走，一邊點點頭回應著我的問題。

我們並不是走在隊伍的最前面，而是在隊伍中間走著。聽到蚩尤的回答，我心裡就在想：想不到連妹妹都有……嘖，難道我會在這年代也碰到我家那死肥婆嗎！

「炎帝那傢伙娶了十幾個妻子，小孩更是多到數不清。」蚩尤像是在介紹跟他不相關的家庭一樣，面無表情的說：「我是排最大的。弟弟或者妹妹有多少，我也不清楚。搞不好這趟回去，不要說妹妹，就是媽媽也得多一、兩個。」

嗚哇！老爸你這樣不行啊！我現在超後悔沒有帶照相手機過來拍你啊！這拍了回去肯定可以加零用錢啊！

蚩尤說著，轉頭看了看我，然後哈哈大笑，往我背上用力的一拍，說：「張三！你才剛新婚吶！馬上就在問別家女人的事情！綾兒對你不好了是吧？」

「咦？不、不是啦！」我趕緊搖頭，「我、我只是好奇啊！就是……呃、那個……」

「哈哈哈哈！」蚩尤仰天大笑，然後說：「好，跟大哥說！回去我再從幾個妹妹裡面挑個適婚的，這樣咱們又更親上加親啦！」

親你個頭啊！假設你們這年代適婚年齡跟我家死陳肥一樣，那你肯定會把死陳怡恩塞給我啊！北七啊！而且你幹嘛一定在要藤原綾面前把我講得好像已經要外遇一樣啊？你是想破壞我家庭和諧啊！

果然，我馬上就感覺到殺氣了啊！這殺氣非常的令人熟悉，絕對是藤原綾那傢伙散發出來的啊！

連續行走了好幾天，我們來到八十一部落中最偏北邊的一族。這幾天我們都借住各個部落，在我們抵達之前也有先派人通知，所以來到這裡，照慣例的還是受到酋長聯合村民的歡迎光臨。

雖然不是八十一個部落就有八十一種特殊技能，但這次來到的這個部落，卻是蚩尤指定一定要過來看看的。原因很簡單，因為這裡有少數部落擁有的醫療技術。

其實說醫療技術還是太抬舉這裡了，嚴格講起來，這裡也不過就是有巫醫和一點簡單藥草的知識。但在這個即便是感冒了都可能會死亡的年代，有點藥草知識，大概就已經差不多等於我們臺大醫院的醫療等級了。

北上路途遙遠，會發生什麼誰都不好說。所以來這裡補充藥草，才是蚩尤的目的。

我幫忙其他人把貨品卸下，然後跟大家坐在原地閒聊著。沒一下子，蚩尤偕著韓太妍和蚩晴，一家人往我們這邊走了過來；蚩尤讓韓太妍抱著小孩先走，自己坐下來加入我們的閒聊。

「嘛～如果有個車子可以幫忙載，那就好了。」

聊到這一趟下來，還沒走到一半大家就覺得有點辛苦了，我便有感而發的說出這句話。結果話才一說出口，大家就用詭異的目光看我。我趕緊閉上嘴巴，心想不妙！肯定是這年代還沒有所謂的車子。

果然，蚩尤馬上就問我什麼是車子。我原本不想解釋，但最後沒辦法，只好講了一下輪子的事情。這讓他們每個人的眼睛都亮了起來，好像發現新大陸一樣！馬上就呼朋引伴、聯合當地部落的人工，準備要去弄我所謂的「可以推著跑的平臺」。

對我提出這劃時代的見解，蚩尤再度對我佩服得五體投地。但我自己其實非常苦惱啊！我突然又想到，搞不好歷史上最早的車子，還要追溯到黃帝為了打敗蚩尤所創造出來的那臺指南車，結果現在連黃帝在哪裡都不知道，蚩尤部落已經獲得技術性上的提升，到時候黃帝打不贏，那可怎麼辦啊？

……呃……黃帝打不贏？

「張三，怎麼啦？」原本聊天聊得好好的，看我表情突然沉悶，蚩尤笑著關心起來。

然而，我看著蚩尤的臉，突然陷入無限的感傷。

因為，我知道，蚩尤會死。

而且就是我千方百計要找出來的那個軒轅黃帝，跟他打了一場大戰之後，把他殺死的。假設他真的沒有聽過什麼黃帝，那就是說……他會死，搞不好還是因為我造成的。

「……大哥，如果……打仗打輸了，會怎麼樣？」

「啊？」

蚩尤訝異的看著我，然後笑著說：「我沒輸過。不過我把八十一部落征服之後，我對他們都不錯。可在我來這裡之前，我是聽說他們彼此之間要是有打仗，敗方通常都不會有什麼好下場，可能被屠殺殆盡，或者將女人搶去當戰利品。我自己不會這樣想，但不是每個人都跟我一樣。」

我又沉悶下來了。

這讓我想到當初在【祖靈之界】的時候，我親眼見證過利庫勞悟是怎樣殘殺督瑪族的老弱婦孺，連小孩都沒放過，甚至還有很多正值青春年華的花樣少女遭受到很多我連想像都不敢想像的對待。

我不知道黃帝是怎樣的人。如果他跟蚩尤一樣，長得帥氣人又好，那就算了。可要他不是呢？蚩尤一死，就不用講到八十一部落的人會怎樣好了……慕容雪呢？韓太妍呢？公孫靜呢？

「張三，又怎麼了？你倒是說說啊！」

我搖搖頭，苦笑著，解釋說：「大哥，越往北走，我似乎想起的事情越多。剛只是想到一些小事情，又想不清楚，自己難過而已。」

「哈哈哈哈！好兄弟，想不起來真的沒關係！」蚩尤拍拍我的肩膀，說：「不管你過去是怎樣的人，自從你救了我、救了靜兒，大哥早就把你看作是我最親的兄弟、最尊敬的英雄啦！再說了，現在的生活不也挺好？大哥我在這裡有什麼權力，你都可以跟我共享。你妻子的美貌更是整個九黎人盡皆知。真搞不清楚，為什麼你執意要去找過去的自己？過那過去的生活？」

「啊……搞不好我以前的老婆更正、更美麗啊……哈哈，開個玩笑啦～」

「哈哈哈哈！真要有比綾兒更美的女人，也只有雪兒她們啦～哈哈哈哈！」

結束了閒聊，我悶悶不樂的回到在這裡臨時搭建的、屬於我和藤原綾的帳篷。還沒進到帳篷裡，就可以聞到一股中藥味，看來是藤原綾就地取材製作藥膳。走進裡頭一看，藤原綾正坐在獸皮上，抱著Q貝在玩，而她身邊還放著兩盆綠色的晚餐。

「你回來啦～」藤原綾抱著Q貝，慵懶的說著。

「嗯……什麼味道啊？」我皺著眉頭，問道。

藤原綾放開Q貝，指了指她身邊那兩盆綠色的肉湯，皺著眉頭說：「今天和雪兒嫂嫂在村裡張羅晚餐的時候，她向村民要來一些草藥給我，叫我煮給你吃。說是對我們兩個好的。」

「啊？阿雪……我是說，大嫂弄來的？」

「嗯。」藤原綾點點頭，說：「不過這味道不是很好……唉，你要是不想吃，自己拿去倒掉，我再弄一份新的吧！」

我搖搖頭，笑著說：「那也不必啦～能吃就好了。肚子餓了吧？一起吃飯吧！」

「嗯～」

說是這樣說，但當我真的開始吃的時候，我突然很後悔沒聽藤原綾的建議把這兩盆倒掉啊！天啊！慕容雪妳他媽到底是用什麼心情推薦我們吃這種東西的啊？怎麼可以難吃到這種程度啊！

而且吃完之後，我覺得極度的不舒服。感覺好像肚子有火在燒一樣，而且整個人都昏昏沉沉的。更不用說沒有神功護體的普通人藤原綾了，她整個人跟吸毒一樣恍惚啊！

而且最慘的還不只這樣……

這個狀態，一直持續到隔天早上，我和藤原綾都睡醒才結束。

慘的是，我們兩個人竟然都沒穿衣服，還纏在一起啊！

你們要知道，雖然說我和藤原綾已經是結了婚的夫妻，甚至兩人的感情也還不錯，可晚上睡覺的時候，即使偶爾有時候藤原綾會想說要幫我生個孩子，然後刻意的誘惑我，不過卻會被我用各種理由閃避掉，所以一直到現在，我們都還是守身如玉、冰清玉潔的純潔交往關係。結果想不到，想不到啊！想不到我苦守寒窯二十一年的處子之身，竟然就這麼不清不楚、不明不白的消失了啊！

這一瞬間我突然很想哭啊！

至於藤原綾，雖然一開始也有點嚇到，但不知道為什麼，似乎是因為她本來就有意思想要把我給怎樣怎樣，所以在她確認了我們昨天晚上應該是發生什麼事情之後，她反而不像我這般震撼，而是露出甜蜜的笑容，撲到我身上緊緊的抱住我。

「老公～我……」

「哇啊啊啊啊啊啊啊啊啊！」

沒給藤原綾說話的機會，我馬上推開她，然後穿上褲子發狂的往帳篷外面跑掉。

幹！現在是什麼情況啊啊啊啊？我只記得昨天吃了什麼鬼藥膳，然後就昏昏沉沉的，接著就一覺不醒，連知覺都沒有，怎麼一覺醒來，情況變成這個樣子了啊啊啊啊啊！

我毫無目的亂跑著，突然有人叫住我。回頭一看，就看到韓太妍拿著一些草藥朝著我走過來。她把草藥塞到我手中，傻愣愣的看著我，然後大約過了幾秒，她整張臉突然瞬間紅透，接著趕緊將臉別開。

「張、張三！」

「昨、昨天晚上你跟綾兒……也、也太激烈了一點……這些藥是我向村裡人要來的……回、回去幫綾兒塗一些……我、我先走了！」

說完，韓太妍低著頭快步離開，把抓著草藥的我留在這裡。我一臉錯愕的看著她離去的方向，然後轉頭看看四周，四周帳篷裡那些跟著我們一起出來的壯丁，每個都面帶詭異的笑容看著我……幹，還有人對我豎起大拇指？這年代就已經有人用大拇指按讚了嗎？

「張三啊啊啊！」

我還在錯愕，突然一隻強而有力的手臂從後面把我的脖子勾住。回頭一看，就看到蚩尤也用那詭異的笑容看著我。

不對，他笑得更豪邁，勾著我的脖子哈哈大笑，邊笑邊說：「昨天晚上這麼激烈，全村都聽到啦！就說張三是我們村裡的大力士，果然不假啊！哈哈哈哈！」

哈你個頭啊！還全村的人都聽到是安怎啊？聽到什麼鬼啊？是受害者還是加害人的聲音啊？

「不過雪兒也真是的……」蚩尤說著，語氣一轉，帶著點歉意的說：「那藥啊……用一點點就夠了……結果昨天雪兒似乎沒對綾兒說清楚呢！呵呵，還記得妍兒當初跟我用那藥的時候，整整一天離開不了獸皮啊！這綾兒似乎又是初經人事……」

我已經不知道該怎樣吐槽了啊！幹！死慕容雪啊！所以是妳的陰謀嗎？為什麼要害我啊？是要害我還是害藤原綾啊？

蚩尤拍拍我的肩膀，眼神富有深意的看著我，說：「總之啊！回去好好照顧綾兒！你們昨天這樣搞，今天也沒辦法上路啦！就給你們好好休息，反正咱們的車也還沒造完呀！哈哈哈……」

說完，他就一邊哈哈大笑，一邊走掉了。

我又低頭看著手中抓著的草藥，這才知道為啥韓太妍要給我這個，想必是要我拿去治療一些傷口。可就算知道，我還是沒來由的想哭啊！

我傻愣愣的走回帳篷，一進去就聽到藤原綾一邊摔東西，一邊哭哭的聲音。為避免這臨時搭建的帳篷整個被她拆掉，我趕緊跑過去阻止藤原綾的舉止。

結果藤原綾一看到我就有氣，她狠狠的賞了我一巴掌，然後對我大吼著說：「你走開！反正你不要我了！你就都不要過來管我啊！」

「呃……我、我沒有不要妳啊……」

「你還敢說！」藤原綾邊哭邊吼：「我就覺得奇怪……以前跟你說了我想要孩子，你都不願意碰我！結果現在真的結合了，你就捨得把我一個人丟在這裡跑掉？你沒有不要我？你最好是這樣啦！我、我恨死你了啦……嗚……」

大概是我表現得真的讓她很失望吧，藤原綾罵著罵著，就哭到說不出話來，直接跪坐下來。這真的讓我很心煩。雖然我覺得自己也是受害者，但不管怎麼說，發生這種事情女生好像永遠是吃虧的那一方。

我用「軒轅神功」讓自己冷靜下來想想，假如我是藤原綾，發生這種事情之後男生不是抱著自己說些花言巧語，而是穿了褲子翻臉不認人的落跑，我沒把他殺死我都覺得自己對不起中華民國啊！

於是我蹲到她身邊，輕輕的推了推她。一開始藤原綾還很厭惡的甩掉我的手，後來才厭煩的說：「你要做什麼啦？咱們、咱們恩斷義絕了，我明天就自己回我部落去！你高興了吧？」

「老婆，別鬧了啦……」我很無奈的看著藤原綾，好聲好氣的道歉，說：「是、是我不好……就是……我只是不能接受我們是因為這樣才……才那個的啦……沒有燈光好氣氛佳、從約會開始就很過分了，居然是吃了奇怪的草藥才變成這樣……妳想想，很難接受不是嗎？」

「……誰管你能不能接受啦！反正、反正你就是不把我當妻子看！我早就知道了！就連那隻該死的白狐狸也比我得你疼！我……我現在就去把那隻畜生趕跑！」

「老婆！」我大聲的喝住她，然後緊緊的把她擁入懷中。

一開始藤原綾還掙扎著不讓我抱，但沒一下子，她也伸手將我抱住。

我在藤原綾耳邊輕聲的說道：「是我不好，我發誓，以後一定會對妳很好，不會再像剛才一樣了，好嗎？」

「……證明給我看。」藤原綾還是很生氣，瞪著我說：「……吻我。」

我看著藤原綾的臉。

這張臉，不管是現代還是現在這個年代，她一直都這麼可愛。可是因為我和她實在太熟了，一下子叫我吻她，我反而覺得有點……呃，有點詭異。

一看到我猶豫，藤原綾又生氣了。她氣得推開我，說：「我就知道你只是說說的！咱們結束了！你以後愛跟誰在一起，就跟……」

她話還沒說完，我就用迅雷不及掩耳的速度完成了起身、擁抱的動作，並且用我的嘴吻上了她的脣，把她還沒說完的話一起吞了下去。

雙脣分開之後，我才說：「……我說了，我會一直對妳很好。」

藤原綾則是滿臉通紅，又不甘心的多捶了我胸口好多下，才在我懷裡說：「……沒、沒這麼容易就放過你……哼……再、再一次！」

我笑了笑，雙脣再度緊密的貼合。

⊕⊕⊕　⊕⊕⊕

由於蚩尤說全村的人都知道我們夫妻倆度過了一個非常激烈的夜晚，在耗盡了大量體力的情況之下，我們硬是又多休息了一天，才繼續上路。

我們這一路向北走，走過了難走的山林，越過了遼闊的平原，看到了傳說中的大江東去。我還記得站在高崗上，看著長江感慨多少千古風流人物的感覺——就是緬懷一下蘇東坡看到的景色，然後假裝自己很有文采一樣，看著江水就可以想到那羽扇綸巾、意氣風發、小喬初嫁的周瑜。

然後，當我發現他們可能還要再過將近三千年才會出生，我覺得反而應該要他們來感慨我才對。

一路上，我和藤原綾兩人的感情有越來越好的跡象——其實本來就不錯，不過自從那件事情之後就更好了，所以她會纏著我、要我陪她聊天，或者跟那群古代人一起唱歌跳舞，然後要我也跟著獻唱一曲。

可是啊……我聽說其他穿越者，穿過去的年代都很剛好，隨便唸首唐詩或者唱句周●倫的歌出來，就可以迷倒萬千少女。但我咧？我來這什麼鳥年代啊！光是唐詩這種劃時代的高科技文章他們就聽不懂了，更何況是周●倫啊！

馬的，就好像人家二少奶奶欣賞我的文采要跟我通姦，結果人家根本不識字一樣，騙

鬼啊！

總之，這趟旅程終於結束了。我們終於到了炎帝的領地啦！可以看得出來，這裡的規模與蚩尤那邊完全不同。不要說別的了，光是看到炎帝「城」外有用土牆圍住，就知道這裡的科技已經完全超越蚩尤起碼五十年啊！

「怎麼？有想到什麼嗎？」蚩尤在我身邊，問我。

我搖搖頭，收起自己的驚訝，對蚩尤笑著說：「沒、沒有啊！就只是……想不到這裡竟然這麼……壯觀啊！」

「哈哈哈哈！」蚩尤仰天大笑，接著搖搖頭說：「壯觀嘛……裡面更是偉大啊！可是，我還是不喜歡這兒。尤其是那傢伙……」

我知道蚩尤和炎帝的感情不好，但這畢竟是人家的家務事，我也不好意思過問，所以只是點點頭，表示他如果不想說就別提了。

因為有派人先過來打招呼，所以當我們到達的時候，已經有兩排人出來迎接了。這兩排人也是穿著粗麻衣，可身材並不若蚩尤部落的人強壯。帶頭的人一看到蚩尤，就半跪下來，向蚩尤行禮問好；蚩尤點點頭要他平身後，就讓他們把我們帶來的貨物取走，然後牽著蚩黎、抱著蚩晴，表情有點嚴肅的走進城去。

他的三個老婆跟在他身後走，藤原綾則是走過來讓我牽她的手，要一起走進去。

「老公……酋長他似乎，不很高興呢？」

「嗯。」我點點頭，說：「他跟他爸的感情不太好，但我不清楚是什麼理由。」

藤原綾點點頭，然後又問：「那老公，你有想起什麼了嗎？」

我點點頭，說：「有，我想到我已經結過婚、娶了八個老婆，每個都比妳還漂亮，所以我打算要跟妳分了。」

藤原綾聽了我的話，表情馬上就變了。

然後她就在眾人面前一拳揍倒我，沒在跟我憐香惜玉的。

跟著蚩尤一家六口往前走，通過了沒有城門的城門，走進了我不知道名字、可卻非常龐大壯觀的炎帝城。

我在這年代看到的建築，不是木造就是草屋，甚至是帳篷，但這裡的房屋，竟然已經在使用泥土了！看著一間一間用土牆、木材、茅草等混合建材搭建的房屋，我真的覺得自己把這年代的人想得太淺了。

而且，炎帝所住的地方，更是華麗到可以用「皇宮」這個概念來形容的豪宅。當然，假如把這豪宅放到現代來看，大概連[redacted]寶的警衛室都比它高級，可是就上古時代的觀點來看，這座足以容納一堆人居住的大宅，的確匹配「皇宮」這兩個字，而住在裡面的人，當然也不愧對「帝」這個稱號。

只是，一想到裡面那個開後宮的炎帝有可能是我那木訥的老爸，我還是很難想像那是什麼畫面。

「張三，你都不說話！有沒有想到什麼呀？」

我還在那邊幻想老爸會用什麼方式登場，小蚩黎已經跑到我跟前，拉著我的衣袖，笑嘻嘻的說著。

我笑了笑，摸摸蚩黎的頭，搖搖頭說：「沒，什麼都沒想到。蚩黎有來過這裡嗎？你爺爺是怎樣的人？」

蚩黎搖搖頭，說：「我不知道！我也是第一次來！以前都是爸他自己帶著人過來這裡。」

這倒是讓我有點訝異。我知道蚩尤和炎帝父子關係不好，但沒想到有這麼差！連孫子生出來這麼久了，還沒帶回來給老爸看過！這就讓我越來越好奇，到底這對父子發生過什麼事情，會造成這麼大的決裂。

來到那座宮殿前面，蚩尤把蚩晴交給韓太妍抱著，然後自己一個人站在宮殿外牆門口，看著那座大宅若有所思。但他也沒想太久，搖搖頭，回頭對我們眾人報以一個苦笑。

「走吧！我們進去吧！」

蚩尤說完，轉身邁開大步走了進去，而我們其他人也跟著魚貫而入。我和藤原綾手牽著手走在最後面。雖然不同於蚩尤，但我肯定，對於見炎帝這件事情，我的緊張不會遜於蚩尤。

走進大宅裡面……其實也不用，還沒走進去就已經可以窺見裡面大廳的擺設了。因為雖然這裡很豪華，但也跟一般人的草屋或帳篷一樣，連門都沒有！

聽說古人都是夜不閉戶，親眼見證之後，其實只是因為他們沒有門，所以沒辦法閉戶啊！

總之，裡面有個大廳，廳上沒有桌椅，只有幾塊獸皮墊在地上當作座位。而位於最深處、面對大門口的最大的位置上，坐著一個披著虎皮披肩的男人。

那是炎帝。

那還真的是我老爸啊啊啊啊啊！老爸啊啊啊啊啊！

我們走進大廳，我老爸……不是，我是說炎帝。炎帝他站了起來，張開雙手，像是要擁抱蚩尤一樣的走過來。

「兒啊～」

兒你個頭啊！你這稱呼這樣就算了，語氣為什麼會這麼娘炮啊！老爸你形象全沒了啊！

「……爸。」

相較於炎帝的熱情，蚩尤表現得格外冷淡，像是在對陌生人說話一樣。雖然沒有刻意閃避炎帝的擁抱，但可以看得出來，他並不喜歡這樣。

「好兒子！算算時間，也該是回家看看爸爸的時候啦！這次怎麼隔這麼久才回家？爸還叫人去問呢！」

蚩尤嘴巴張開，正要說的時候又猶豫一下，然後改口說：「……有些事情耽誤了。」

「沒關係！有回來最重要……而且回來得剛好！前些日子，爸又娶了附近村落的一個女孩兒。哈哈哈！雖然你肯定不知道的，但回來得好！趁這時候介紹給你認識認識……」

嗚哇！果然跟蚩尤說得一樣啊！每次回家都會多個新的老媽這樣嗎？你的老媽到底有幾個啊？這怎麼感覺好像是某偶像歌手的歌名啊！

「憐兒，快出來！我給妳介紹介紹，這是我……」

「不必了，爸。」蚩尤搖搖頭，揮了揮手說：「路途遙遠，今天孩兒回家只是先過來請安問好罷了。孩兒累了，先告退了。」

說完，蚩尤轉身就走，完全不給炎帝面子，甚至也不管我們這些跟著他來的人有什麼感想或者想不想看他新老媽的長相，直接掉頭走出宮外。

結果蚩尤一走，三個老婆和兩個小孩也跟著走出去。他們一家六口都走了，我和藤原綾也沒戲唱啦！雖然人家長得跟我老爸一模一樣，但光是老婆這麼多，就可以知道他跟我家那個剛毅木訥近仁的上班族老爸不一樣啦！所以我也拉著藤原綾轉身離開。

因為蚩尤知道我來這裡找炎帝是因為有事情想要問他，所以雖然他很討厭炎帝，但還是有安排時間要讓我跟炎帝見面。

不過，人家就算很爛——其實我也不知道爛在哪，只是看蚩尤這麼討厭他，肯定有爛的地方就是了——可是好歹也是個「帝」，要跟他見面搞不好比想看到總統還難，所以雖然安排了時間，但我們還是在這炎帝領地裡又多待了好幾天。

這幾天，因為沒有什麼我的戲分，所以我就和藤原綾繼續發展、增進這所謂「夫妻」之間的感情。成天沒事就是這邊逛逛街、那邊買買東西，如膠似漆的黏在一起，到處去吃喝玩樂。

這天，我一邊和藤原綾在大街上閒晃，一邊天南地北的聊天，突然蚩尤一臉嚴肅的跑過來找我，只說了一句要我趕快跟他走，便拉著我往炎帝的宮殿跑去。

一進去，就看到裡面已經坐了很多大人物——雖然我沒有介紹，但這些人都是炎帝的手下，位階不是將軍就是大臣，只是那年代還沒有這樣區分就是了。而大家的表情都非常凝重，一看就知道發生大事了。

蚩尤把我拉到旁邊坐下，然後對炎帝說他把我帶來了。一看到這個陣仗，我想該不會是要接見我、回答我的疑問，所以才要搞得這麼詭異吧？

但我同時也在想，其實我要找炎帝的目的只是想要藉由他來幫我找黃帝，說實在的，我根本沒有啥直接的問題想要問他。所以現在這個場面，我還真不知道該怎麼處理才好。

結果在我問問題之前，那炎帝倒是先問了。

「孩兒，這人就是你所說的，九黎第一勇士嗎？瞧他這瘦弱的樣子，不像是大力士呀！」

聽到炎帝的質疑，蚩尤立刻站起來，向炎帝說：「爸，張三肯定是我們所有人裡面最強壯的一個！這個任務派他去最合適。」

炎帝聽了蚩尤的話，點點頭，對我說：「張三，你站起來讓大家看看。」

其實演到現在我已經不知道是在演哪一齣了，但我還是乖乖的站起來讓大家看看我。看到一半，我就問旁邊的蚩尤說：「欸欸，怎麼了?發生什麼事情啊?什麼任務啊?」

蚩尤很嚴肅的對我說：「張三，最近黃河上游出現了一個戰無不勝的人。他一直沿著黃河流域打下來，現在即將要打進炎帝城了。」

聽了蚩尤的話，我抓抓頭，很疑惑的看著蚩尤，問：「呃……那找我來幹嘛?」

「張三。」炎帝這時候說話了，他笑著對我說：「呵呵……未免夜長夢多，我們剛才決定要直接殺死那帶頭的人。吾兒跟我推薦了你，說你肯定能勝任這個任務，所以才找你來的。」

「啊?」

我吃驚的看著他們，正要開口的時候，旁邊的蚩尤說：「張三，這個任務真的只能交給你了。那個叫做公孫軒轅的人，似乎不是什麼普通人物……」

我本來只是吃驚說沒事突然要我去執行一個殺人的任務讓我有點反感，結果聽到蚩尤所說的話，我就吃驚到下巴都快脫臼了啊!

因為我萬萬沒有想到，他們要我去殺的人，竟然就是我一直想要找到的……

——公孫軒轅「黃帝」啊！

靠！我千辛萬苦、千方百計的就是想要在這個年代找到那軒轅黃帝，然後觸發條件帶動劇情讓我可以離開這個世界。結果當我真的得到有關這傢伙的消息時，卻是要求我去殺死他？

馬的，我怎麼可能去殺死他啊！真把他殺了，那我要怎麼離開這個時代？神經病啊！不可能啦！

所以我開口拒絕了這個要求。

當然，我不是白目到直接說我有特殊原因所以不能殺他，這種話要是在現場說出來，那跟自爆沒啥兩樣。總之，我很委婉的拒絕掉。

結果，聽到我不肯做這個任務，那炎帝就有點不滿意了。

「張三，你是什麼意思啊？」

「就……這任務對我來說太過艱鉅……我認為自己無法勝任。所以還請大王三思，或者乾脆考慮其他的人選去執行這個任務。」

我後面補充的那句話，其實並不是沒經過大腦思考亂說的。要知道，假設我一定要去殺黃帝，憑我現在的身手，黃帝肯定是會死到不能再死；可要是派別人去，那我就會因為歷史劇透的關係，知道黃帝死不了的。而且，這樣也可以製造出一種我不是不願意，只是沒能力的感覺。

炎帝的眼神變了，他臉色一沉，不悅的說：「張三，你不要搞不清楚現在的狀況啊！我說的是要你去做，你就是要給我成功，懂嘛？」

「不是……可是我……」

我正要繼續解釋，炎帝就用力的往他面前的地面拍了下去，打斷了我的話。然後他瞪著我，冷冷的說：「我記得，你似乎還有一個貌美如花的妻子吧？」

「……稟告大王，是的。」

炎帝點點頭，笑著說：「那很好~你要是不去殺死軒轅那小子，我就殺死你妻子。」

事情突然莫名其妙的演變成這樣，我完全不知道該如何是好啊！

我趕緊想要說點什麼，結果我還沒開口，炎帝直接對旁邊的人說：「你，去這個張三的家裡，把他妻子抓來，快去。」

那個人聽了炎帝的話，想也不想就站起來準備要去執行炎帝發布的任務。我立刻擋在那人面前不讓他過去，結果現場其他人也跟著站起來要跟我硬拚。就在這氣氛緊張的時候，蚩尤終於說話了。

「張三！你就答應了吧！」蚩尤走到我身邊，說：「立了這大功，綾兒一定也會很開心的呀！何必跟自己人過不去呢？」

「孩兒，不用說服他了。」炎帝歪著頭，用一種很討厭的表情看著我，說：「反正我說這樣就是這樣。這張三要是不去殺死那軒轅，我就叫人殺死他妻子。他最好現在馬上就出發，不然再晚一點，也許他的寶貝妻子就會少一條胳臂了。」

「……你敢！」

聽到炎帝竟然敢用藤原綾來威脅我，我真的氣炸了！我直接對著那炎帝嗆聲啊！就算他長得跟我老爸一樣又怎樣？我小時候在被我老爸打屁股的時候也很想嗆爆那傢伙啊！新仇舊恨加在一起，現在我對眼前這王八蛋完全憤怒到不行。

而且，我也突然可以了解，為什麼蚩尤會這麼討厭自己的爸爸？理由一個就夠了！因為他爸爸真的是一個王八蛋！

但這裡是他的地盤，只要他一聲令下，藤原綾的安全我根本顧不著，所以……

「要是綾兒她少一根寒毛……我就是拚著命不要，我也會殺了你。」

對炎帝說完這句話後，我轉身離開了宮殿。

然後踏上，殺黃帝的道路。

NO.006

早在荊軻刺秦王之前
就有張三刺黃帝啦！

「老公，你回來啦～」

離開宮殿，我揣著一顆七上八下的心回到了家。剛踏進去，藤原綾馬上開心的過來迎接我。

貼心的她一看到我臉色有異，便關心的問：「老公……怎麼了嗎？酋長找你去見炎帝，應該是為了你想問你過去的事情吧？看你的樣子……該不會沒得到想要的答案吧？」

我看著藤原綾，輕嘆一口氣，然後搖搖頭笑著，主動的將藤原綾擁入懷中。

「我要出一趟遠門……我不在的時候妳不要亂跑，知道嗎？」

「能跑哪去呢？我對這裡又不熟！」

我笑了笑，親了親她的額頭，然後轉身就要離開。

但這個時候，一隊炎帝的人馬走了進來。一看到這個陣仗，我馬上擋到藤原綾前面，比出劍指橫在胸前，瞪著那帶頭的人問：「幹什麼？你們想要幹什麼？」

「炎帝有令，還請夫人往宮裡暫住，以防事情有變。」帶頭的那人毫不畏懼我的氣勢，依然抬頭挺胸的用鼻孔瞪我，說：「還希望張三先生不要太不識抬舉，壞了你我之間的和氣。」

「和氣你個頭啦！幹！」

我邊說，邊注意到後面有人根本不管我的嚇阻，執意的朝我這裡走過來，我用劍指對著他，怒斥：「幹！你們誰敢動我老婆試試看！」

「看來張三先生並不願意配合呢……那就別怪我們動手了。」

聽到這種話，我更往前站了一步，雙手都比出劍指，暗暗的運起很久沒有施展過的軒轅劍法，準備等一下誰只要出手，我就把誰的手砍掉。

「住手！統統住手！」

就在這個時候，蚩尤帶著他的人衝了過來，把現場形成一個三國鼎立的情況。

但現在我也沒有把蚩尤當作是站在我這邊的人了，因為剛才在炎帝那邊的時候，他並沒有幫忙阻止炎帝想傷害藤原綾的念頭，而是只想著要說服我先答應一件我不願意答應的事情，這讓我覺得非常不爽。

所以我還是用身體護著藤原綾，雙手劍指同時指著蚩尤和炎帝派來的人馬，甚至「軒轅劍法．殘月」劍氣已經蓄勢待發。

「大哥，你也是要來把綾兒帶走的嗎？」我瞪著蚩尤，口氣很強硬的質問。

「對。」蚩尤點點頭，往前走了一步，毫不猶豫的將手朝著我這裡伸過來，很認真的看著我說：「把綾兒交給我，我會保護她的安全。」

但相較於他的毫不猶豫，我卻沒有像以前那樣的相信他，頂多就是把對著他的劍指放下而已。

這時，在我身後的藤原綾才怯生生的拉了拉我的手，小聲的問：「老、老公……到底發生什麼事情了？」

我緊握著藤原綾的手，但卻沒有回答她的問題，而是看著蚩尤，說：「你拿什麼保護我老婆？炎帝的命令在這裡比什麼都大！」

「我不會讓綾兒受到一點傷害！」蚩尤用力的拍了自己的胸口，更認真嚴肅的對我說：「相信我！」

說完，他便直接對著另外一群人大吼：「還呆在這邊幹什麼？統統給我滾出去！」

那群炎帝的人馬被蚩尤一吼，先是猶豫了一下，然後帶頭的那人才對蚩尤說：「請大人不要為難我們，我們只是奉命行事而已……」

「那我就在這裡殺光你們，回去再向我爸道歉！」

說完，蚩尤怒吼一聲便撲向那群人，連帶他後面的人馬也跟著衝了過去，直接在我家裡打了起來。這樣的舉動讓我身後的藤原綾驚嚇的叫了出來，我立刻躍到兩派人馬之間，趁著雙方還沒正式交手前，打出「軒轅劍法．方圓」，將兩派人馬都擋下。

只一招，一瞬間便輕描淡寫的讓在場超過二十人的大亂鬥平息掉。這樣的功力和境界在這個年代，簡直只能用神蹟來形容。

在我秀了這麼一手之後，蚩尤看著我的眼神似乎有一瞬間變得詭異，但還是很快的恢復了原本的清澈。

我回頭用力的給了蚩尤一個擁抱。

「大哥……拜託你，千萬不要讓綾兒受到什麼傷害。」

蚩尤愣了一下，然後才拍拍我的背，點點頭答應了我的要求。

我放開蚩尤後，回頭走向藤原綾。她現在已經嚇到臉色發白，眼眶帶淚。一看她這模樣，我心疼的立刻將她抱入懷中，輕輕的往她額頭上親了一下。

「老公……到底怎麼了？」

「沒事……老公只是要出遠門一趟，妳要乖乖的聽酋長的話，不會有事的。」

「……你要去哪？」

我又親了藤原綾一下，然後放開她，沒有正面回答她的問題，而是丟下一個「我很快就會回來」的答案，就轉身離開。

經過蚩尤身邊的時候，我又多說了一句：「我老婆就交給你了，大哥。」

⊕⊕⊕　　⊕⊕⊕

我拿著夏禹劍，離開了我家，走在熟悉的炎帝城鎮的街道上，走出了這座城。

對於黃帝人在哪裡，其實我沒有什麼概念，但聽說他是從黃河上游來的，所以我猜只要沿著黃河逆流而上就可以找到他。

在逆著黃河走的時候，我沒有特意加快步伐，但也不願意放慢速度。我不可能去殺死黃帝，但是我也不要藤原綾受到傷害，這些事情讓我非常的矛盾，讓我完全不知道該如何是好。

走在古中國的曠野上，照著那從古至今完全不會變的月光，我的心很亂。

軒轅劍啊……你如果在看的話，你可不可以出來跟我說句話？你把我送到這個年代的原因到底是什麼？你要我經歷的事情是什麼？為什麼你要我經歷這麼困難的選擇呢？

這個問題當然沒有人回答我了，也不可能會有東西回答我了。我越想越煩，越想心情越差，越想就越想要……

乾脆什麼都不要想。

從炎帝領地一路沿著黃河往上游方向走，我沒有休息，沒有吃飯。憑我現在的修為，也不需要這兩個動作來恢復我的體力。我相信就算我只剩下一半不到的體力，我也足夠把這年代所有的人都消滅掉，光是一招「軒轅劍法．無限」的威能，就夠我橫行霸道。

但這不是我不休息、不吃飯的原因，原因是什麼我也不知道。反正當我注意到的時候，我已經來到一個感覺很像是遊牧民族組成的帳篷區域附近了。

雖然我沒有特別去強調，但在古代，為了區別領土上的不同，所以還是有所謂的國旗。當然，規模沒有這麼大，也不像電視劇、電影裡面看到的那種一面大旗子上面寫個「漢」或者「宋」之類的旗幟，畢竟文字尚未被發明出來。不過，他們還是有旗子，就是靠旗子上面的圖案來區別各部落之間的不同。

所以即使我沒有靠近，但憑著我那好得不像話的視力，我還是可以看到他們旗子上的圖案。那是我沒看過的樣式，不是蚩尤的，也不是炎帝的。雖然不能因此肯定那就是軒轅黃帝的圖騰，但我還是運起軒轅心法，緊握手中的夏禹劍，慢慢的走向那裡。

在附近有手持用木頭和石塊製成的長矛在巡邏的衛兵，他們兩個人一組。我也不知道總共有幾組人馬在巡邏，反正就是其中一組一看到我，就把矛頭指向我，走過來，停在我面前問：「站住！你是什麼人？」

我停下腳步，深深的吸了口氣。

「我也不知道。」

我苦笑著，但我真的快不知道了。所以我丟了另外一個問題過去，我問：「那，公孫軒轅在這裡嗎？」

兩個衛兵沒有回答我，但他們的表情在一瞬間變得非常警戒，倒是代替了語言回答我這個問題。

其中一個衛兵反問我：「你要做什麼？」

我又露出一個苦笑，丟出一個答案——

「殺人。」

說完，我一個簡單的呼吸吐納，踏出充滿爆發力的第一步，一瞬間閃現到他們兩人面前、長矛攻擊不到的死角，接著右手倒握夏禹劍，用劍柄的部位重擊他們的胸口。這一連串的動作做完，僅在一秒之內，真可用電光石火來形容。

然後，我腳底發力，朝著那兩個衛兵身後的營地衝了過去。

我的速度極快，擋在我面前的人又完全不堪一擊。真要我想，我搞不好連軒轅劍法都用不上，只要靠著我此刻強大靈氣輔助出來的暴力體能，就夠單槍匹馬挑掉這整個營區。

但我還是辨不到。

我說了我是來殺人的，但殺人真的好難。不要說是公孫軒轅這傢伙，就是這些衛兵，只要我不小心殺了一個，可能在我那年代的某某某就這麼消失了。比如剛才有個人長得很像偉銘，我要是真的殺了他，我那年代的偉銘搞不好就消失了。

是消失，根本沒有存在過的那種消失。

雖然我不知道公孫軒轅會在哪裡，但我猜他肯定會在最大頂的帳篷裡面。反正就算裡面的人不是他，也八成可以從那人身上問出點情報。於是我在營區裡面一邊亂繞亂打，一邊找尋著那所謂「最大頂」的帳篷。

皇天不負苦心人，我終於找到了那頂帳篷。而且，因為沒有門這個構造，所以我可以直接看到帳篷裡面的人。

那人是背對著門口盤腿而坐，但營區內發生這種有不知名刺客闖入大鬧的事情，還可以坐得這麼怡然自得，不是腦子燒壞了，就肯定是早已料到有這一步。

所以我猜，那傢伙八成就是公孫軒轅。

我慢慢的走進帳篷，沒有壓低走路的聲音，沒有放慢腳步，也不使用軒轅心法來壓抑自己內心的激動和混亂。我走到那人的身後，用夏禹劍的劍尖慢慢的刺向那人的後頸，但我始終沒有下重手把他一劍刺死，只是讓劍尖停留在他的脖子上而已。

公孫軒轅沒有驚慌失措，甚至根本沒有轉頭。他語氣很平靜的問：「……什麼人？」

「刺客。」我冷冷的說：「來殺你的，刺客。」

我是這樣說著，但事實上，我的手卻在抖，我的心臟狂跳。

我到底該不該殺了眼前這個公孫軒轅？我不可以殺了他。可若是我不殺他，藤原綾會死啊！藤原綾會死啊！

「你不想殺我的，對吧？」

公孫軒轅語氣平穩，彷彿現在掌握大局的人是他一樣。他說：「你的本事挺大的，能夠自在的穿梭營區，打倒我那麼多手下闖到這裡。你要殺我，你已經下手了。但你的手卻在抖。你不想殺我，對吧？」

我心裡大吃一驚。

我從來沒想過，眼前這個公孫軒轅竟然會是這麼樣一個……冷靜的人物。我知道他會是中國歷史上最偉大的第一個共主，我也猜測他應該有什麼過人的地方才得以統治整個天下，但是現在這個場面，現在這個我只要手上多用幾分力氣就能殺死他的情況下，他卻根本不為所動，還能冷靜分析我的心理狀態，甚至給人一種是他在掌控大局的感覺。光是這樣，我就知道眼前這個人非常的高深莫測。

也難怪這傢伙能夠一直戰無不勝，打仗打到炎帝必須要叫我來暗殺他。

這突然讓我很好奇，這位公孫軒轅「黃帝」到底長什麼樣子。

「如果你不願意殺我，那就坐下來一起吃飯吧！」

「……我不餓，而且我也不是來吃飯的。」

我冷冷的瞪著那人的後腦杓，試著想重新抓回主導權的說：「我是來殺你的。」

「那你下手吧！」

說完，公孫軒轅猛地站了起來，轉身看著我。

結果我就吃驚得連劍都抓不穩了。

為什麼啊？為什麼這個中國人共同的祖先，傳說中最偉大的人類共主之一的人，會長得跟韓太賢一模一樣啊！難道全世界的祖先真的跟韓國人聲稱的一樣，都是韓國人嗎？

韓太賢……不是，公孫軒轅笑了笑，說：「這位刺客先生，坐下來吧！跟我說說看，為什麼你明明有這麼高強的武藝，卻在殺我的時候有所遲疑呢？」

不知道為什麼，眼前這個軒轅黃帝在說話的時候，給人的感覺就是一種非常舒服的信任感。那就是他天生的皇者威嚴、個人魅力，也就是所謂的領袖氣質。

也讓人不得不贊同，這韓國人搞不好還真的就是公孫軒轅啊！

公孫軒轅仔細的看著我的眼睛，過一下子才搖搖頭苦笑，說：「想必是有苦衷吧？要吃飯了，先坐下來吧！有什麼事情，吃飯的時候再慢慢說吧！」

「……我要殺你。」我低著頭，不去看他的雙眼，才說：「可是我不能殺你……這中間有很多我不能說明的原因……反正就因為我不能殺你，我也不想殺你……所以他們抓了我的妻子，威脅我……來這裡殺你。」

「嗯……那麼——」公孫軒轅轉身，背對著我說：「我們好好商量一下，怎麼樣一起殺回去救你的妻子，如何？」

公孫軒轅留我在他們的營地吃晚餐，並且要我把詳細的情況說給他聽。

但我沒有說，而他也不強迫。我只是靜靜的，坐在他的帳篷裡面吃飯。

我和公孫軒轅，傳說中所有中國人的老祖宗，就這麼面對面坐著吃飯，靜靜的不發一語，帳篷內滿是沉重的沉默，就連眼神也沒有相對。

但是沉默對我來說有點難受，最後我終於受不了，投降般的先開口說話了。

「……我不是來這裡要求你幫我的。」

雖然在人家的地盤裡，坐在人家帳篷裡柔軟的獸皮上，喝著人家煮出來的肉湯，我沒啥資格說這種話，但我本來就沒這個意思。

我低頭看著手上的陶盆，試著從盆底的油膩裡看到自己的倒影，但我發現這只是徒勞無功。我輕輕的嘆了口氣，看著盆底說：「我只是……不能殺你而已。」

「你不想說原因，我也不會問。」

公孫軒轅盤坐著，用一手持陶盆喝肉湯，另一手的手肘置在腿上，用拳頭撐著歪一邊的頭，用他那充滿威嚴、不可質疑的霸氣眼神盯著我，說：「而且，我也不是要幫你。」

他張口把陶盆裡的肉湯一飲而盡，將陶盆放下，抹抹嘴巴後說：「我只是要來打倒那個炎帝罷了。」

我抬頭對上他的眼神。公孫軒轅在說這話的時候充滿了自信，擁有足以說服任何人的決心，也讓人覺得他一定會打倒那個炎帝。

這不只是因為我知道歷史的發展，知道這年代最後的勝利者，能在歷史上留下光榮姓名的人就是眼前這個公孫軒轅「黃帝」，而是此時此刻，從他言詞中、表情裡深刻感受到的那種必勝決心。

但我不懂，他到底要怎麼打贏？

說實在的，他率領的人不但身材相比炎帝、蚩尤部落的人瘦弱，身上的裝備也沒有特別精良。要知道，炎帝那邊的人都已經有鐵器了，這邊的人還在用石頭啊！

雖然在我眼中，憑我現在的修為不管是哪一邊的人想要跟我單挑，我都能讓他直的過來躺著回去，但客觀一點來看，我真的找不到任何一點理由——扣掉「氣勢」這個虛無縹緲、莫名其妙的因素外——可以讓公孫軒轅打贏這場仗。

然而，就算我找不到理由，眼前這個人打到目前為止，的確是戰無不勝啊！要不是因為他根本無敵，炎帝被人一路從上游打趴到這裡，炎帝也不會抓我老婆逼我來殺公孫軒轅啊！

我搞不懂。為什麼在身材、裝備都輸人的情況之下，還可以戰無不勝？

但我沒問。

這疑問不是我可以過問的。或者該說，就算我問了，我想公孫軒轅也不見得會告訴我答案，甚至可能會覺得我根本就是間諜來的！在這裡把他們百戰百勝的秘密學走後，就要拍拍屁股一走了之。

所以我把心裡的疑問壓下，點點頭表示我能理解公孫軒轅的話。

「你知道我是來殺你的……可是為什麼你會想要幫我？」我問。

「喔！」公孫軒轅眉毛一挑，露出了親切的笑容。

這一笑，完全把他的霸氣和威嚴都掃掉，就像是鄰家哥哥一樣親切，讓人完全無法把剛才那個誓將取勝的黃帝與眼前的人聯想在一塊。

公孫軒轅笑了笑，簡單的說：「因為你能幫我。」

「……幫你？」

公孫軒轅點點頭，說：「老實說，剛看到你的時候，就被你那優雅的戰鬥吸引住了。要是能夠得到你，將你身上的技巧吸收起來，我的軍隊肯定能更加壯大的。而且，我也替你感到惋惜。」

「惋惜我？」我疑惑的問：「惋惜什麼？」

「我調查過了。」公孫軒轅笑了笑，說：「我本來就對這裡的物產非常有興趣，所以早就在著手調查。我發現這裡的軍隊根本不堪一擊，結果卻出了你這樣的高手！想想，有你這樣的高手，卻不懂得利用你的本領來壯大自己的軍隊。而你一身本領沒辦法發揮，一定很難過。」

這下我倒是真的笑了出來。因為我只是純粹不可能出手幫助這年代的巨輪轉動罷了，是我刻意隱瞞自己的本事，跟有沒有發揮倒是一點關係都沒有。

「所以，當你能殺我卻不殺我的時候，這答案就很明顯了。」公孫軒轅還是自信滿滿的看著我，說：「稍微推敲一下就能知道，你很不滿你在炎帝領地的職位。所以，我會打垮炎帝，讓你可以光明正大的成為我的人。」

「……如果你已經打倒炎帝，得到他的領地和物產，那你還要我幹嘛？」

「天下很大。」

公孫軒轅雙手張開，畫了個很大的圓，笑著說：「這天下是很大的。打倒炎帝後，誰知道還會不會有其他蠻族、其他部落會作亂？在這天下還不完全屬於我之前，把我的能力壯大起來，對自己絕對沒有壞處啊！」

老實說，我很吃驚。

眼前這人的格局已經完全超越其他這年代的酋長、霸主了。

炎帝他有什麼貢獻我不知道，只知道他是個被自己兒子度爛、還會把手下妻子綁架起來威脅的白爛鬼。而蚩尤雖然很強壯，也有九黎族戰神的美譽，但他除了想要保護自己的家園以外，並沒有什麼爭霸天下的雄心壯志。

比較起來，眼前這個公孫軒轅，他不但想到眼前的敵人，甚至連未來都已經在規劃，他的眼光看得之遠，簡直跟這年代的其他人完全不在同個層次上。

也讓我真正的相信，那個歷史上中國人的共同祖先「黃帝」，就是我眼前的這個人。

雖然他真的長得跟韓國人一模一樣。

我用雙手捧著夏禹劍，恭恭敬敬的遞到他的面前。

「這把劍需要比我更適合的主人。」我說。

但公孫軒轅卻搖搖頭，把劍又推回來，說：「這是你的。我要的不是你的劍，我要的是你。只要你是我的，這把劍就算還在你身上，那跟在我身邊有何不同？」

幹！這哪招啊？我原本想說這個好時機可以讓我把夏禹劍「物歸原主」，結果不但送禮被退貨，還被說了這麼一連串令女性讀者飛躍了、男性觀眾嘔吐了的甲甲對白！吼——這軒轅黃帝到底是想要怎樣啦！你再不拿夏禹劍，到時候黑龍登場你是要怎樣跟牠對決啦……

對吼！

就在這一瞬間，我突然有個很大很大的疑問再度浮現。

假設眼前這人真的是軒轅黃帝，甚至我也相信他就是，而他之後拿走了我的夏禹劍，那憑他這樣的本事……我是說，雖然我還沒親眼看過他戰鬥，但我不相信他有能力可以跟黑龍一戰……

如果黑龍真的是能夠毀天滅地的大妖魔，那眼前這公孫軒轅不管有多猛多甲多變態，他頂多也只是個普通人類啊！

而且還沒完，當初單挑黑龍的三個傻逼，扣掉公孫軒轅，還有兩個咧？難道一定要等到黑龍登場，才會姍姍來遲、跟著颯爽登場嗎？

見我送劍送到一半突然當機，公孫軒轅便笑著問我：「怎麼了嗎？」

我把劍收了回來，再度沉思一開始那個問題。最後，為了我自己好，我決定問清楚。

於是我問了一個可能不應該問的問題——

「……為什麼，你對自己的實力這麼有自信？」

我在問這問題的時候，還同時施展出軒轅心法，將我的靈氣化作陣陣殺氣，對著公孫軒轅釋放過去。

「既然你對我這麼著迷，也肯定得知我與一般人不同。那你也應該清楚，我如果跟你想的不一樣，這整個營區沒有人可以擋得住我殺你，包含你自己在內。而且從你對自己的自信，我不認為你會拿自己的命來賭這一局。」

我舉起夏禹劍，但卻是將劍尖指向公孫軒轅，冷冷的說：「我想知道，為什麼你能夠戰無不勝？」

像是在應對我的殺氣一樣，公孫軒轅收起了他那鄰家大哥般的笑容，回以充滿霸氣和威嚴的眼神，毫不畏懼的看著我。接著，他的嘴角淺淺上彎，笑著說：「我說過了，世界很大。」

公孫軒轅再度張開雙手，說：「你身上有一種特別的力量，我可以感覺得到。」

「因為這種力量，我身邊也有人會！」

公孫軒轅的話讓我再度大吃一驚。

而更吃驚的事情馬上就發生了——

就在我殺氣中斷、變成驚訝的那一瞬間，一個女孩突然躍了進來，她對我大喝一聲後，右手比出劍指，對我使勁的一揮。隨著她手這一揮，一道微弱但卻讓我再熟悉不過的黃金劍氣就朝著我轟炸過來。

雖然我隨手一劍便毀去那不成熟的黃金劍氣，可以說是擋得不費吹灰之力，但女孩的攻勢卻接二連三，雙手同時比著劍指的姿勢，劍氣像不用錢一樣的連發，最後逼得我不得不揮出黑色的劍氣反擊。而那女孩卻更上一層樓似的，施展出方圓這高難度技巧，擋下了我的黑色劍氣。

縱使那比起我的方圓來說，根本不值一提，但我很確定那幾乎就是方圓的雛形。

而吃驚的事情，除了她一出手即是軒轅劍法之外，就是她的容貌。

馬的！我雖然歷史讀得不好，但我也多少知道軒轅黃帝的領地叫做「有熊」部落。結果因為這邊是有熊部落，你們還真的給我弄隻熊過來啊？因為這個施展軒轅劍法的少女，竟然是很久沒登場的督瑪公主啊！

「住手！」

公孫軒轅突然出聲制止了我們兩人的戰鬥，然後他哈哈大笑的說：「哈哈……我果然沒看錯人，你和我妹妹姬軒轅果然有一樣的東西！」

我吃驚的看著叫做「姬軒轅」的督瑪公主，而她也用疑惑的表情看著我。

公孫軒轅又接著說：「如何？這樣你能了解，為什麼我會對自己的實力這麼有自信了嗎？刺客先生？」

我愣了一下，然後點了點頭。

我突然對這一切都感到很放心。我找到軒轅黃帝，而軒轅黃帝的身邊有一個會施展「軒轅神功」的神秘少女姬軒轅存在。意思就是說，到時候我把夏禹劍交給公孫軒轅之後，他不會是沒有能力能擊敗黑龍的人。

「所以，現在你的決定是什麼？你要跟我一起殺回去救你的妻子，還是要殺了我？」

我愣了一下，然後低下頭。

「……我不會殺你的。但我也不需要你幫我。我自己的妻子我自己救……」說著，我抬起頭。

我已經不再迷惘，我知道接下來我該做什麼了。

「但我還是要你成為我的人。」公孫軒轅說，同時又張開雙手，像是要擁抱我一樣的說：「我需要你來壯大我的實力，幫我把整個天下都收進掌握中。」

我笑了笑，然後把夏禹劍丟在地上。

「你不會需要我的。」

說完，我轉身離開帳篷，然後再度運起「軒轅神功」趕路，用最快的速度趕回炎帝城。

⊕⊕⊕　⊕⊕⊕

回到炎帝城，我直接跑去蚩尤的房子。一衝進去，才發現這裡早就人去樓空。我隨便抓了幾個人問，才知道原來炎帝怕我靠不住，派人把蚩尤的妻子和藤原綾等人統統都抓走，威脅蚩尤要幫他帶兵去跟黃帝打仗，當作第二層保險。

聽到這樣的事情，當下我真的火大到不行，於是直朝著炎帝宮殿而去。

「老婆……」我一邊走，一邊看著炎帝的宮殿喃喃自語：「老公來救妳了！」

NO.007

黃帝大戰蚩尤，親眼見證歷史的瞬間！

從蚩尤的住所衝到炎帝宮殿，時間花不了多久。而雖然現在外面正在打仗，可這宮殿還是有不少守衛。一個沒人的宮殿要守衛幹嘛？因此我便肯定了，不要說我想救的人都在裡面，搞不好連炎帝本人都還龜在這裡。

「站住！」

門口守衛一看到我衝了過來，馬上用手上的長矛擋住門口。從他們的眼神和動作看來，這裡是不可能會發生那種酒醉民眾也可以衝進軍營的神奇事件。

除非，民眾的本事遠超過守衛。

我連「少擋路！」這句話都沒說，直接雙手劍指一比，兩道黑色的「軒轅劍法・殘月」劍氣就往兩個守衛轟炸過去。那兩個守衛沒料到有此一著，直接被我的劍氣炸飛。但雖然如此，不願意妄作殺孽的我，還是沒有取走他們的生命，甚至也沒有讓他們受傷。憑著我高超的修為，只是把他們雙雙震暈罷了。

不過，突然有人想硬闖此地，還是引起了大量守衛的注意。

就看到一群全副武裝的人從宮殿裡面跑了出來，有那麼一瞬間我還懷疑，他們到底有沒有打算去打仗？不然怎麼這裡的人會這麼多啊！

但現場情況並不容得我去思考——事實上我還是游刃有餘啦，畢竟我們雙方的實力相差太多——所以我立刻秀出雙手劍指，「軒轅劍法．殘月」劍氣直接連發。

由於沒有門，所以在尚未衝進去之前，我就已經看到裡面的樣子了。裡面大約有十來個全副武裝的士兵。而最高統治者，也就是炎帝，此時正畏畏縮縮的躲在人堆後方，看來他還真的打算要自己龜在這邊等消息。

這讓我不爽到了極點啊！命都別人在賣就算了，為了怕別人不替你賣命，就把他最重要的人抓住來威脅！而這種卑鄙小人竟然長得跟我爸一樣！幹！

「張三？」炎帝像是終於認出了我，緊張的說：「你、你想造反？」

我直接對他比出中指——就算他不懂這啥意思，我還是比著中指對他說：「去你媽的！我從頭到尾就不是你的部下，沒有造不造反的問題啦！幹！」

說完，我朝著炎帝衝了過去。那十幾個守衛當然不可能讓我這麼簡單的衝過去，每個人都大吼著朝向我衝過來。雖然對方有人數上的優勢，但實力與我相比實在相差太多，我根本不需要動用到方圓，僅用基本的三招——流星、曜日和殘月，就足以擊倒這些守衛，來到炎帝的面前。

炎帝害怕的往後跌坐在地，「不、不要啊！不要殺我……你、你到底要什麼？」

「我老婆呢？」我蹲到他面前，用劍指抵著他的脖子，問：「還有蚩尤大哥的妻子小孩呢？他們在哪裡？」

「我、我說！拜託你不要殺我！」

「殺不殺你，還得看他們幾個人有沒有受傷。」我凶狠的看著炎帝，說：「等一下我看到的要是少了一根頭髮，我敢保證你失去的會更多！快帶我去找他們！」

我們往宮殿後方走去，才發現這裡比我想像中來得大。路上碰到幾個想要過來打倒我的蠢蛋，甚至一開始炎帝還會誇張的叫人來救他，但看到我只是手指頭動一動，幾道黑色劍氣就掃蕩掉那些人後，炎帝也猜到自己沒救了，才乖乖的領著我去囚禁眾人質的地方。

雖然這年代沒有門，但是竟然有牢房啊！這種概念大概是從養小雞小豬的柵欄演進而來的。總之，當我架著炎帝來到後面的牢房時，隔著柵欄就可以看到一群女孩和小孩瑟縮在角落。

不過，小蚩黎一臉毫不畏懼的樣子，擋在那群女孩前面。

「張三？」

蚩黎一看到我，先是不敢相信的小聲詢問。我對他微笑著點了點頭後，這小鬼才欣喜若狂的衝到柵欄前，抓著圍欄對我大吼：「張三！你回來了！媽、大姨、小姨、嬸嬸！是張三！張三回來了！」

聽了蚩黎一喊，那群在角落的女孩們也跟著看了過來。是慕容雪、緊抱著小蚩晴的韓太妍、和依舊面無表情的公孫靜。

還有我老婆，藤原綾。

我放開了炎帝，跑到圍欄前面，對著藤原綾喊道：「老婆！妳有沒有怎樣？他們沒傷害妳吧？」

藤原綾跟著要跑過來，但這個時候，小蚩黎突然對我大叫：「張三！爺爺要跑了！」

蚩黎一叫我才發現，我剛才太開心所以竟然把炎帝放開了！回頭就看到炎帝往外跑掉的身影，我立刻劈出黑色劍氣，結果卻只在他身後的牆上留下一道恐怖的劍痕。

我搖搖頭，但沒有去追他。跑了就跑了，他並不是我的重點，於是我趕快用劍氣劈開牢房，把大家都救了出來。

離開了宮殿，我也沒有膽子把他們留在這邊，於是跑到蚩尤部下駐紮的地方，將眾人都交給他們之後，我便離開此地，獨自去找蚩尤。

「張三！你要去哪裡？」這時小蚩黎突然開口問了我問題。他還是像剛才那般抬頭挺胸的站著，一點畏懼的樣子都沒有，頗有乃父之風。

我蹲了下來，摸摸他的頭，笑著說：「黎兒，你要繼續保護媽媽、幾個阿姨、嬸嬸還有你妹妹。至於你爸，張三會負責把他帶回來的。」

「嗯！」蚩黎點點頭，表情非常的堅毅，然後又問我：「那我要怎麼做？」

這可愛的問題差點害我跌倒啊！我搖搖頭笑著說：「蚩黎乖！你就乖乖的在這邊保護大家！總之我會把你爸帶回來的！」

「嗯！」

說完，我轉頭看向藤原綾，但我什麼都沒有說，只對她點了點頭，便運起軒轅心法，快速的離開。

路上我隨便抓了一個路人，詢問他蚩尤的下落。本來以為這路人會跟我說他不知道，但看來這黃帝打炎帝的事情鬧得很大，戰場在哪裡真的跟司馬昭之心一樣，路人皆知。隨便一個路人都知道蚩尤現在正在一個叫做阪泉的地方打仗。

我問清楚那地方到底在哪之後就加快腳步，想要跑去阻止這場戰爭。

來到阪泉，我原本以為這裡已經戰他個天昏地暗、鬼哭神號，黃帝和蚩尤兩個傳說中的死敵此時已經打成一團，再難勸阻其中一方停手。但沒有，蚩尤只是駐軍於此，並沒有出手的意圖。

我走進營區之中，倒也沒碰上什麼阻礙，唯一稍稍花費我時間的，就是確定蚩尤的所在。不過這問題也順利解決了，畢竟這年代沒有門，帳篷裡面發生什麼好事都讓人清清楚楚，更不說要在這麼多帳篷裡找到那個愁眉苦臉的蚩尤了。

我深呼吸一口氣，擺出親切的笑容走進帳篷，「嗨，大哥。」

原本愁眉苦臉的蚩尤一看到我，雖然沒有馬上舒展眉頭，但訝異完之後，也跟著笑著說：「張、張三？你回來了？」

說完的當下，他本來想要像過去一樣走過來給我一個用力的擁抱，但卻好像想到什麼似的卻步不前，然後才抓抓頭，問：「那個……既然你回來了，難道你的任務……」

我搖搖頭，很輕鬆的說：「我失敗了。」

「什麼？怎麼……」

「我知道，怎麼可能會失敗，對吧？」我也抓抓頭，輕嘆口氣說：「大哥你也知道，我的力量與技巧，和大家都不是同一個水平上的。不過你也別太緊張，我會失敗不是因為我打不過那個公孫軒轅，純粹只是因為我想清楚了而已。」

「想清楚……張三你說清楚啊！到底發生什麼事情？」

「我本來就對什麼打打殺殺的很反感了。」我搖搖頭，說：「所以我想清楚了。我放棄了暗殺那公孫軒轅的任務，我回來親手救了綾兒。就跟大哥你一直掛在嘴邊說的一樣，要保護自己身邊所愛的一切。」

蚩尤依舊是不敢相信的看著我，雙手緊握拳頭，雙唇緊閉，甚至身體還微微的顫抖。

「我也愛黎兒和三位嫂子，所以我全救出來了。」

聽到我突然說出這個「好消息」，蚩尤不敢相信的表情還是沒有減少，甚至有點更不敢相信的意思。但是他緊握的拳頭、緊閉的雙脣和顫抖的身體，這些不安的緊張情緒卻消失了。

「……你都救出來了？」

「當然。」

再次確認這個好消息後，蚩尤走到我身邊，給了我一個久違的擁抱。

「……謝謝你，兄弟。」

「不客氣。」

說完感謝的詞句後，蚩尤抱著我，問我：「……那你來到這裡，為的是什麼？」

「我來勸你，別打了。」我說。

蚩尤放開我，疑惑的看著我，問：「別打了？」

我點點頭，說：「是啊……這不是我們的戰鬥。大哥，你不是說了，力量是要用在保護自己所愛的人身上嗎？這場仗，我想，要不是炎帝抓了嫂子以及你的兩個小孩，你也不會出手的吧？」

蚩尤愣了一下，然後眼神突然變得銳利起來。

「你說想通了……該不會是……你背叛了我們？」

我搖搖頭，說：「不，我從來就不屬於任何人。如果不是炎帝抓了綾兒，大哥應該很清楚，我根本不會想要參與這場仗。我沒有背叛，我只是想通了而已。所以，我猜大哥應該也很清楚……我們不屬於這裡，九黎才是我們的家。」

「……」

蚩尤沉默了，沒直接回應我。他想了一下，才別過頭去說：「好歹，他也是我爸。」

「但他有把你當兒子看嗎？有哪個世界的老爸會把自己小孩的妻小都抓起來威脅的啊！他是怎樣對你的，你還不懂嗎？現在既然他手上沒有人質了，我們就走吧！」

「……但我已經來到這裡，就這麼走了，我怎麼向其他人交代？」蚩尤再度滿臉愁容，跟以前那個九黎族第一勇士的樣子完全不一樣。

他大概知道我想表達的意思是什麼，但他卻不知道自己該不該完全放下。

所以我決定幫他一把。

「大哥，我是張三。」我用一種很認真的眼神看著他，然後開始亂掰著說：「大哥你還記得我剛碰上你的時候，我就說要去找那個公孫軒轅嗎？沒錯，大哥你猜的應該沒錯，我的確是他那邊的人。」

「……你果然是內奸嗎？」

我搖搖頭，說：「這倒不是，雖然我不記得我是為什麼會到大哥你的村子附近，但我也不是為了要接近你們才會到那裡去的。總之，大哥，我必須誠實的跟你說一聲，在我去暗殺公孫軒轅的時候，我就想起來了。我的確是公孫軒轅那邊，有熊部落的人。」

蚩尤聽到我這樣講，氣得一拳朝著我的臉揍了過來。雖然憑我現在的修為，這拳我可以輕鬆的閃掉，但我沒閃，反而將方圓劍氣集中到最小，附著在臉上形成一層薄薄的護罩，擋下了這拳。

一看扁我也沒用，蚩尤就氣得轉身背向我。

我又嘆了口氣，說：「大哥，我還沒說完。」

「還有什麼屁話你快說一說！」

「那些都是我忘記的、我一直在找的過去。雖然我找到了，可我卻想不起來我在過去是怎樣的人。我有的只有現在，只有大哥，只有綾兒和我現在認識的、深愛的一切。於是，我將那把專屬於我的金器當作是我的過去割捨掉了……我把金器送給公孫軒轅，當作是我把我自己還了回去。」

我再度走到蚩尤身邊，說：「我說了我想通了，就是指大哥和嫂子們時刻在提醒我的話——過去怎樣不重要，重要的是現在和未來。所以就算我知道了我過去是怎樣的人，我還是選擇回來，選擇我的現在，用我的雙手去保護那些我愛的人。」

蚩尤一直沒有說話，也沒有看我，一張臉非常緊繃。於是我又嘆了口氣，說：「大哥，你如果要揍我你就揍吧！我不會再擋了噗啊！」

我話還沒說完，蚩尤突然用手肘拐了我一下。

「先帶我去找我妻子和黎兒他們。」

說著，蚩尤就轉身往炎帝城的方向走去。

「……既然那把劍已經被你割捨掉了，那大哥又欠你一把劍了。回九黎後，我再造給你吧。」

回到炎帝城，蚩尤和他的妻子、兒女上演了一場感人的大重逢。當然，我也去緊緊的抱住藤原綾。

一直到我以為我會失去她，我才發現，我真的很愛、很愛這個「老婆」。

⊕⊕⊕　　⊕⊕⊕

我們來的時候沒帶什麼行李——禮物倒是帶了不少——所以要走的時候打包很快，可以說是幾乎沒什麼需要打包的東西。因此我們離開的速度很快。然而，對比來到此地的風光，現在離開的時候，真的可以用狼狽來形容。

經過了千山萬水、長途跋涉——雖然我們算是有那麼一點敗戰逃難的味道，但也不致於披星戴月、不眠不休的一直趕路。總之，因為之前是一句話就帶過了路程，加上這年代沒有手錶、鬧鐘、日曆，所以我也不能肯定此次回程花了多少時日，只是覺得好像比去程多花點時間而已。

我們又來到那最北邊的村子，也就是我發明車輪、我和藤原綾發生親密關係的那座有一點藥學常識的小村落。由於我們這次算是狼狽歸來的，並沒有派出斥候來通報，所以比起上次來到這裡時受到的夾道歡迎，這次倒是平靜很多。

不過，當村長和蚩尤打過照面後，那種熱烈歡迎的氣氛又再度籠罩過來。

休息一天之後，隔天一早我們就動身回家。這一路又走了好幾天，算算日子，這趟光是來回路程，搞不好就兩、三個月，再加上在炎帝城、不知名村落等停留的時間，竟然也花了將近半年的歲月。

甚至算一算，我來到這上古時代的時間，搞不好已經超過我學魔法的時間了。

但我來到這裡這麼久，我卻什麼都還不知道。最重要的一點，就是我真的還不知道我到底是來幹嘛的；還有我的軒轅劍，到底是什麼時候才會出現。因此，當蚩尤說要再造一把給我的時候，我真的很期待能夠馬上看到軒轅劍的出現。

然而，安逸閒暇的日子也許早就結束了。這幾天的平靜生活，只不過是這種時光的迴光返照罷了。

當我們才回到蚩尤部落的隔天晚上，蚩尤把我找了過去。原本我以為他只是想找我過去閒聊而已，但我錯了，因為在他的帳篷裡，竟然已經坐滿了其他部族的酋長、村長、民意代表，眾人神色凝重，像是正在開一個重要的會議一樣。

看到這陣仗，白痴也知道有事情發生了。於是我問身邊的蚩尤：「大哥，怎麼了？發生什麼事情了嗎？」

蚩尤的答案很簡單，就一句話而已。

「公孫軒轅，打過來了。」

「咦？」我驚訝的看著蚩尤。

蚩尤倒是一臉「我怎麼會露出這種表情」的無奈樣，搖搖頭說：「驚訝什麼？難道你以為那傢伙只滿足於把炎帝打下來嗎？」

「不是，我的意思是說……這麼快就打過來了？」

蚩尤點點頭，指著某個村長說：「他們的斥候收到情報，確定了那個公孫軒轅在擊敗炎帝後，自稱『黃帝』。然後就揮軍南下，要往我們這邊攻打過來了。」

「是這樣喔……」我撫著下巴做出沉思的樣子，但其實我想的只有一件事情，那就是公孫軒轅真的成了「黃帝」，而黃帝也真的打過來，要跟蚩尤展開歷史上赫赫有名的〇〇之戰……那個〇〇什麼的，我忘記了。

也就是說，蚩尤死掉的時間，已經在倒數計時了。

「張三，你在想什麼？」

「啊？我、我……呃，我在想，那要怎麼辦才好？」

「哈哈哈哈！」蚩尤仰天大笑，用力的往我肩膀上拍下去，豪邁的說：「上次那是因為被你說服了，不是我的戰鬥我不用參加。這次不一樣啦！人家擺明過來打我的啊！我要讓那個狗屁黃帝知道，我蚩尤可不是好惹的！我們就把那個黃帝打到永遠不敢再踏進九黎的領地一步！」

雖然蚩尤說得很豪氣很豪邁，但這並不能讓我安心。我完全清楚的明白這場戰爭的結果是什麼。而我面前這個百戰百勝的九黎第一勇士，也會在這一戰過後，在歷史的洪流裡得到專屬於自己的句點。

蚩尤看我似乎沒有像他一樣有信心，便笑著拍拍我的肩膀，說：「怎麼了？張三，你這表情是怎麼回事？想些什麼？跟大哥說說看！這裡每個酋長、村長都是咱們的兄弟，說出來大家一起解決啊！」

我擠出一絲笑容，搖搖頭，簡單的說：「沒想什麼……只是，我有些不好的預感。」

「哈哈哈哈！」聽了我的解釋，蚩尤更是仰天大笑，然後更用力的往我背上拍了下去，說：「放心！你大哥我可是九黎族戰神！還有你呢！你可是我認同的、比我力氣還大的大力士！還有這麼多兄弟聯手！有什麼難關咱們過不去呢？別想太多啦！」

我笑了笑，點點頭，隨便附和幾句，便不再出聲。

蚩尤的力氣夠大，我也相信能統治九黎八十一部落的人，帶兵打仗絕對不是什麼肉腳。但，光憑力氣，能比得過姬軒轅的軒轅心法嗎？而且這公孫軒轅同樣是北邊黃河流域戰無不勝的戰神，論帶兵打仗的功力，也不可能遜色蚩尤。

而且，我……

我不可能出手幫助蚩尤啊！

我可以幫他打仗，幫他打倒一些無關痛癢的蝦兵蟹將。可要是到時候，公孫軒轅勝券在握，或者是蚩尤即將死在我面前的時刻，我知道，就算我是唯一一個可以逆轉結果的人，我也不可能出手啊！

最起碼，我還記得我小時候讀過的中國童話故事裡面，黃帝戰蚩尤的結果是什麼啊！如果不是黃帝取勝，那我們怎麼還會自稱為炎黃子孫？搞不好就會被叫做……呃，炎蚩子孫？我咧！我還白痴子孫咧！

總之，相較於蚩尤的信心滿滿，整個帳篷裡面都瀰漫著此戰必勝的味道，我則完全沒有這種感覺。

看我依舊悶悶不樂，蚩尤倒是沒有覺得我在觸他霉頭，反而是冷靜的再次詢問我到底在擔心什麼。當然，我也只能說是不好的預感，總不能指著他的臉說「蚩尤，你肯定會死在這次的大戰裡！」吧？

「難道……」蚩尤突然又笑了出來，搖搖頭說：「真是，我都忘了。張三，你是真的懂了我的意思吧？」

「什麼鬼？」

「我是說，我說過的，要盡自己一切的力量去保護自己所愛的人。」蚩尤笑著，突然緊緊的擁抱著我，說：「大哥都忘了。我想，是因為綾兒的關係吧？」

是……但也不是。

在這一瞬間，自我來到這上古時代，這半年多跟蚩尤朝夕相處下來的點點滴滴，突然如泉湧般的浮上心頭，一樁一樁的在我眼前出現：從一開始的陌生，到因為打了老虎後的結拜，到現在我們可以跟真正的兄弟一樣擁抱著……

我突然很想哭，很想要開口跟他說出一切我所知道的事情。

「……大哥……」

「張三，綾兒會沒事的。」蚩尤拍拍我的背，笑著安慰道：「只要咱兄弟們去把那不知好歹的公孫軒轅黃帝打倒、打退了！你擔心的就不成問題啦！」

我忍住那種淚水即將噴出的衝動，還有想要告訴蚩尤真相的衝動，點了點頭，再擠出笑容，說：「是啊！咱們可以把那黃帝打退的。」

「沒錯！這樣就對啦！」蚩尤點點頭，然後像是又想到什麼一樣的，說：「有啦！大哥還欠你一把劍！是吧？」

突然一瞬間話題跳tone到這裡，我愣住了。大約過了兩秒，我才點點頭說：「呃……是啊……」

「那好啊！綾兒部落的代表也在這裡，等等就讓他回去趕工造劍。等咱們這一戰大勝回來，當作慶祝勝利的禮物吧！」

說著，蚩尤便看著那群坐在帳篷裡的民意代表等人的其中一員，而那人也點點頭表示這真是好到不行。

總之，這個會議到這裡就算是結束了。結束之後，各個部落的代表們按照剛才會議的結果先行回去進行作戰的準備。蚩尤也讓我先回去看看藤原綾，於是我就回家了。

「老公，酋長這次找你去又是說什麼了？怎麼去這麼久？」

我悶悶不樂的回到帳篷時，藤原綾問了我這樣的問題。我正要開口回答，但一想到這一開口說的就是要上場作戰的事情，怕藤原綾太擔心，我反而猶豫了起來。

看我猶豫，藤原綾又問：「怎麼了？你心情不太好的樣子……酋長說了什麼嗎？還是……」

她話還沒說完，我突然抱住她。

「……老公？」

「……妳冷靜的聽我說。」我抱著藤原綾，在她耳邊小聲的說：「公孫軒轅他打過來了。明天一早，大哥就會帶著村裡的勇士、壯丁，包含我，跟其他九黎族八十一部落的人集合起來的軍隊，去跟那公孫軒轅決一死戰。」

藤原綾沉默了幾秒，然後也伸手擁抱我，說：「嗯，那我會等你回來。」

「……如果，我回不來，妳就快跑……」

「你一定要回來。」藤原綾在我耳邊小小聲的說：「因為，你就快當爸爸了。」

這句話好像炸彈直接在我耳裡引爆一樣。

黃帝要打過來了，蚩尤就要死了。姑且不管歷史的演變如何，蚩尤一死，這九黎八十一部落的下場，就是會被黃帝占領。而藤原綾竟然會在這個時候，傳出懷孕的消息？

「所以，如果你回不來，那我和寶寶也會毫不猶豫的跟著你去另外一個世界。」藤原綾一點猶豫都沒有的在我耳邊說出這句話，然後在我臉頰上輕輕的吻了一下。

「但我相信老公會回來的！」藤原綾笑著說：「因為你是全天下，最厲害的老公！」

「……嗯。」

我看著面帶笑容的藤原綾。

我第一次發現，自己在乎的已經不是歷史怎樣怎樣了。

我發現，我一定要拚命保護藤原綾。我一定要保護她。

因為我……

隔天一早，藤原綾把我叫醒之後，溫柔的幫我換上衣服。

「老公，你一定要回來。」

「我會。」

沒有什麼長篇大論的十八相送，就這麼簡單的一句話當作道別，再緊緊的擁抱過彼此後，我全副武裝——其實不過才多提了一柄打獵用的獵刀——離開了帳篷。

走出帳篷，村裡的氛圍變得很不一樣。雖然是清晨時分，但卻不像以往的朝氣十足。

或許是因為在蚩尤的統治管理之下，這裡和平安逸久了，現在突然有個來自北方的威脅，大家才有了臨戰意識。況且，打仗不是辦家家酒，必有損傷，再樂觀的情況也不可能說自己絕對能不費一兵一卒的取勝，所以多少也瀰漫著告別的感傷。

「張三！」

我才剛走出帳篷，一道童稚的聲音叫住了我。我回頭一看，蚩黎正拿著不知道從哪裡得到的獵刀，躲在我的帳篷旁邊。他發現我注意到他了，快速的跑到我跟前，抬頭對我笑著說：「張三！我也要跟你們一起上戰場！」

「蛤？」

我以為我沒聽清楚，結果蚩黎又拍拍自己的胸口，說：「我要跟你們一起去！嘿嘿！雖然爸認為我還小，可張三也說過了，我已經可以保護身邊的人了！所以這次我也……」

「不行。」我臉色一沉，迅雷不及掩耳的奪走他的獵刀，說：「你還太小。」

才一瞬間，獵刀就被我奪走，又聽到我這樣拒絕他，小蚩黎的表情非常失望，小嘴一癟，斗大的淚珠就要奪眶而出。我知道這小鬼在想什麼，可要是我因為他這樣就真的讓他上戰場，那才有問題。但我還是把獵刀還給他，然後蹲下來摸摸他的頭。

「蚩黎，黎兒。聽張三的話……把嬸嬸帶去你家，然後用你的力量幫張三保護她，幫你爸保護你媽媽和你妹妹、兩個阿姨。」

「……我也要跟你們去外面……」

「那是大人的事。」我站了起來，然後把他往我家的方向推了一把，又拍了拍他的背，說：「你看，嬸嬸在看你。張三要出去，沒辦法保護她，就只能靠你了。如果你一直哭，嬸嬸會笑你的！」

蚩黎不知道有沒有聽懂或者有沒有想通，總之他是抹掉了自己的淚水，然後不發一語的跑進我家，一手牽著藤原綾，另一手把Q貝抱起來，再轉身用臭臉看著我。

我對他笑了一下，揮手向他們道別後，轉身離開。

蚩尤號召人但不強迫，可是就算如此，大家也都知道這是為了什麼而戰。因此，雖然沒有用手段強迫人上戰場，也沒有義務當兵，大家還是呼朋引伴、結隊成群來到約好集合的地點，踴躍的程度大概會讓國軍志願役募兵單位感到汗顏。

蚩尤在人群裡找到我，把我叫了過去。

「張三，大哥跟你說件事。昨天我不是說了，綾兒部落的代表回去會幫你造劍嗎？聽說那邊最近有了新的鍛造金器的法子，不但可以加快生產的速度，造出來的獵刀又鋒利又堅固。我記得上次給你造的那把劍你不是很滿意，這次保證可以讓你滿意。」

聽了蚩尤的話，其實我倒有點尷尬。因為我印象中的那把軒轅劍，堅固是很堅固——雖然最後的下場還是被人凹成碎片——但肯定和鋒利這兩個字沒有關係。只是我很快的想到，其實這年代就連獵刀都不是很鋒利，要不是蚩尤他天生神力，根本砍不死皮堅肉厚的獵物，所以他口中的鋒利，大概也沒好到哪去。

「那就太好了！」我抓抓頭，笑著說：「雖然要有劍在手上我才能發揮完全的能力，但面對那不知所謂的公孫軒轅，我就是空手也比他厲害。」

「那還用說！我的好兄弟可是九黎第一大力士啊！哈哈哈哈！」

我應和著笑了幾聲，然後蚩尤就去帶領我們村裡集合起來的勇士們，要離開這裡去外面作戰。

離開村子的時候，村裡的婦女夾道送行。慕容雪牽著小蚩黎，韓太妍抱著小蚩晴，還有公孫靜、藤原綾等人，也都在送行的隊伍裡面。我一看到小蚩黎在這裡，沒有偷偷跟著勇士隊伍，我也就安心了。

我先跑到他前面，摸摸他的頭，說：「蚩黎，等我回來，我就把你爸說要造給我的劍送你。」

「嗯！」蚩黎點點頭，小小的臉蛋充滿著堅定的神情，說：「張三你放心，我會保護大家的！」

我笑著站了起來，再向其餘女孩們道別後，才快步的跟上隊伍。

⊕⊕⊕　⊕⊕⊕

我們跟其他部落約好的集合地點，是一個叫做「涿鹿」的地方。那裡是類似「阪泉」的平原地形，是很適合兩邊決戰、全家出遊踏青的好地方。

當然，這並不在九黎的某個村子裡，而是在九黎部落之外，所以我們並非第一個抵達的團隊，而且也已經過了三天。但我們也不是最晚來的，據蚩尤所說，還有兩、三個部落會陸續過來。

蚩尤領著我往附近地勢稍微偏高的地方去，從這裡可以看到遠方的黃帝軍團。不知道是不是我的錯覺，還是因為居高臨下看起來有差，我覺得對方的人馬似乎比我之前看到的還多，可能是還吸收了炎帝的部隊。

「張三，你還害怕嗎？」蚩尤問。

我搖頭。比這更誇張的場面我都經歷過了，這一次我們好歹還算是旗鼓相當，我那時候可是一個人單挑十萬人，所以現在我並不害怕。

但我也沒辦法安心下來。

隔天，天氣有點陰暗，還很符合傳說所說的，起了霧。蚩尤把眾人都集合起來，認為對方可能會趁著此刻視線不清的時候過來攻打我們，但因為這裡是我們的地盤，所以我們應該要反過來好好利用現在的天氣，一鼓作氣將他們轟殺。於是，在簡單的精神喊話之後，他就要各部落的酋長率領自己的部隊，按照之前擬定好的作戰計畫出發。

但我心中不安的預感，卻比之前來得更強烈。那不只是因為我知道此戰必敗、蚩尤必死，而是有種更令人難受的恐懼從我心裡傳來。我也說不上來，但我就是覺得很難受。

「張三，走吧！」

「……走吧。」

我拔出獵刀，閉上眼睛，運起軒轅心法壓下心中的恐懼，然後跟著蚩尤的腳步，走進霧中。

與傳說中的一樣，這片霧就跟濃情巧克力一樣濃得化不開，能見度低落到只能看清楚前方五公尺左右。不要說是敵軍了，就是排到隊伍比較後方的我軍人員，都已經看不太清楚臉孔了。

在這樣的狀態之下，我們每個人的精神都緊繃到最極限的狀態。當然，我也不例外，就算我的實力領先這個年代起碼四千年，我還是有點緊張。可是我不清楚這份緊張和擔心，到底真正的原因是什麼。

我們不知道往前方走了多久，在這種每一步都得戰戰兢兢、如履薄冰的情況下，前方一有風吹草動，都很容易觸動我們緊繃的神經。偏偏空氣中又迴盪著不知道哪裡傳過來的廝殺聲音，想必是其他部隊已經先碰上對手開打了，讓我們全部都不敢大意。

最後，終於，在前方看到了一個模糊的人影。

「……刺客先生，想不到我們又碰面了呢！」

沒錯！就是這麼巧！我們蚩尤軍團就只是走中路一路向北，就這麼巧的碰上公孫軒轅啊！這難道就是所謂的冤家路窄嗎？

一看到是公孫軒轅，而且對方只有一個人，我就要眾人先別前進，然後自己往前站了一步出去。

「……為什麼你會在這裡？」

「好問題……」公孫軒轅笑了笑，說：「還記得我說過，我可以感覺到你身上有特別的力量嗎？」

「……嗯。」

「所以我猜想，憑你的身手，跟在你身邊的人肯定會是這九黎族的酋長。」公孫軒轅舉起手上的夏禹劍，劍尖直指蚩尤，露出那勝券在握的笑容說：「果然，沒錯。兄弟們，殺！」

說完，從他身後突然爆出震天的吼叫，一群士兵從他身後的霧中一個接一個出現，每個人都跑步帶殺聲，拿著長矛衝向我們殺了過來！

不過我們這邊也不是省油的燈，大家都是當初跟著蚩尤打天下的夥伴，對方一出現，我方也跟著衝過去抗戰。

蚩尤也不例外，舉起獵刀就朝著公孫軒轅衝了過去。但公孫軒轅嘴角露出淺淺的笑容，手中夏禹劍更是激發出璀璨的金光！想不到在這段時間內，他竟然真的學會了「軒轅神功」！

公孫軒轅朝著蚩尤衝了過來，然後兩人同時揮刀、出劍！刀劍在半空中交擊，迸出「鏘」的金鐵交擊聲，然後蚩尤手上的獵刀，那把陪著他出生入死、上山下海打獵的好夥伴，就這麼變成兩截了。

「什麼！」

對方一出手就毀去自己手上的武器，蚩尤震撼得不知道該如何是好。然而，他不知道要怎麼辦，他的對手可清楚得很。只見公孫軒轅手腕一轉，黃金劍氣近距離炸裂！就在這一瞬間，我的方圓緊急護住了蚩尤，才保住他一條小命。

這時，姬軒轅突然也從濃霧中現身，她一出手就是對著我揮出一道又一道的黃金劍氣！我趕緊再度施展出方圓的技巧擋了下來。同時，公孫軒轅將夏禹劍扔了出去，改用劍指對我揮出劍氣。不只如此，他竟然能在揮出劍氣的同時，還施展出流星的技巧，操縱夏禹劍從不可思議的角度殺向蚩尤！

要不是我的靈氣真的超越這個年代太多，這兩個人聯手的三重攻勢，著實令我有種吃不消的感覺。

這已經不是普通人可以參與的戰鬥了。對，我說的普通人指的就是蚩尤。我、公孫軒轅、姬軒轅三個人都已經是使用魔法在決鬥了！縱使蚩尤天生神力、力大無窮，但在這樣的情況下，他真的沒辦法參與戰鬥，甚至還得盡量不要拖累我！

我看再這樣下去，肯定會久守必失，顧此失彼，造成蚩尤的傷害。於是我將全身的靈氣逼發出來，將方圓的劍圍張到最大，硬是震開公孫軒轅和姬軒轅兩人。

「大哥，先退！」

震開兩人後，我拉著蚩尤往霧裡衝刺進去。

這可不是二打二！假設我的能力值是一點五，公孫軒轅和姬軒轅都是一的話，這蚩尤搞不好是負零點五！我和蚩尤的組合在這樣的戰鬥裡，還不如我一個人出戰軒轅兄妹來得威武，所以我才想拉著蚩尤先跑，打算帶他到安全的地方去，再自己想辦法……

……咦？我怎麼會幫他呢？

照理說，早在那第一道黃金劍氣殺來的時候，蚩尤就應該死了才是啊！結果他不但沒死，還因為有我的介入才能活到現在，甚至我現在更不希望我這個大哥死掉，我不希望歷史上該發生的事情發生啊！

感覺到我跑步的速度變慢了，蚩尤立刻甩開我的手，然後對我大吼：「你幹什麼？你怕了他們？你怕了我可不怕！我要回去跟他們戰到底！」

我才正要開口，沒想到後面竟然有兩道人影衝了過來。不是別人，正是公孫軒轅和姬軒轅。

我靠！我剛才在霧中根本就是像無頭蒼蠅一樣的亂跑亂躥，我都不知道自己在跑什麼了！你們是怎麼知道我們在哪啊？難道公孫軒轅還真的能感應我的力量啊？這種 GPS 功能也太強了吧！你們根本開地圖外掛啊！

就在這時候，我突然想到了黃帝戰蚩尤能獲勝的關鍵，就是因為黃帝在玄女的幫忙下造出了可以指示方位的指南車，幫他指出蚩尤的所在，才能夠殺得蚩尤措手不及。

幹！搞了半天根本不是什麼鬼指南車，而是因為「軒轅神功」有追蹤功能啊！

我知道我們跑不掉了，甩不掉公孫軒轅，也甩不開歷史沉重的包袱。所以我也不跑了，準備用我全部的精神去看蚩尤的最後一戰，去親眼見證歷史的瞬間。

但這個時候，濃霧突然散開了，天空頓時變成一片火紅，彷彿赤燄燃燒了整片天空。只見一顆紅色的妖異流星，從一個小紅點，逐漸的越來越大、越來越大。

接著，一道恐怖的吼叫聲響徹了整片大地。那彷彿能夠喚醒你心中最深層的恐懼的叫聲，幾乎能把所有聽見這叫聲的人逼到發瘋。

那是龍吟。

那個流星在半空中張開了黑色的大肉翅，化作一條足以毀滅一切的恐怖生物，變成一條口中噴出熊熊烈火的黑色巨龍。牠又吼了一聲，我感覺整個世界都在崩壞。下一刻，牠張開嘴巴，對著大地吐出億萬龍息，噴出地獄業火！

一瞬間，天崩地裂。

然後，世界末日。

NO.008

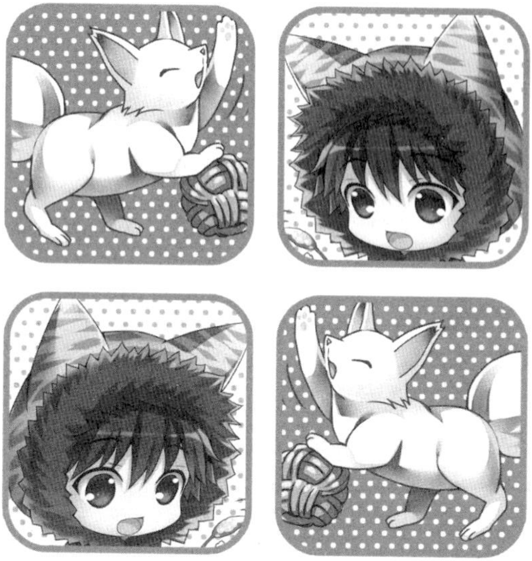

魔法師的神劍

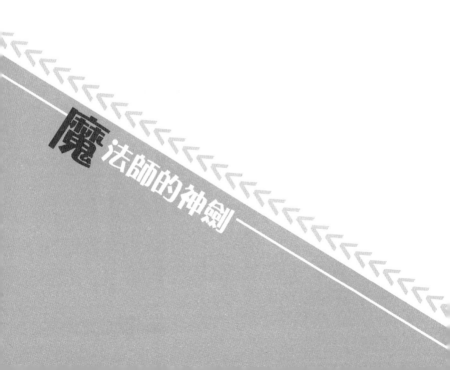

毫無預警，沒有任何徵兆。

故事的最後大魔王，傳說中的千年大妖怪．黑龍，就這麼現身。牠在半空中張開了巨大的黑色肉翅，振翅一拍，就搧出億萬龍燄！燃燒並吞沒了天空、大地、日月與山川。嘴巴一開，吼出足以摧毀心神的龍吼，噴出可以燒盡世界的吐息。

整個世界，像是一只脆弱的玻璃杯，輕易的就被這條黑龍破壞掉。這更不用說，生存在如此脆弱的世界裡的我們了。

這不是我第一次看到這條黑龍。

在很久以前，軒轅劍劍靈就曾經以做夢的方式，讓我夢到這條黑龍。當時我不清楚是怎麼回事，不曉得自己的使命，甚至還以為這是超高科技的 3D 投影技術。我沒有任何感覺，甚至還覺得非常唬爛。

現在，我還是覺得非常唬爛。

但是，幹，唬爛得好可怕！

我眼睜睜的看著黑龍用人類難以抵擋的力量在掠奪著他們的生命，破壞這裡所有的一切。

我知道這是我要面對的敵人，我宿命中注定要打倒的對手。

但此時此刻在我眼前發生的事情，鬼扯到讓我體悟了……

就算我可以打倒十萬名魔法師，我是全世界最強的魔法師，但在這條黑龍面前，我的勝算依舊連1%都不到。

對，不到1%。

這個時候，兩道黃金劍氣朝著天空的黑龍劈砍過去！

這兩道黃金劍氣是從我後方劈出去的，擦過身邊時，我能感受到其氣勢驚人、力量萬鈞。但當兩道劍氣飛射到黑龍身邊的時候，卻變得渺小到彷彿無法造成傷害。

不過，我有點估計錯誤了。

事實上，這兩道看似渺小的劍氣，還是對黑龍造成了傷害。

或者該說——

引起了黑龍的注意。

我轉頭一看，劈出黃金劍氣的不是別人，自然是這世界上唯三能使出軒轅劍法的人之一，叫做公孫軒轅的那個人。

公孫軒轅憤怒的對著那條黑龍大吼著，雖然他本人還沒有受到真正的傷害，但黑龍肆虐人間的行為已讓他的憤怒指數爆表。吸引了黑龍的注意後，他甚至又多揮好幾道黃金劍氣，想要劈倒這個沒有人能夠戰勝的大魔王。

受到公孫軒轅精神感召的，就是他身邊的姬軒轅。姬軒轅一看到公孫軒轅發難，就好像自己的神經終於搭上線一樣，跟著比出劍指，對著半空中的黑龍劈出好幾道黃金劍氣。

「喝啊啊啊啊啊！」

而另一邊，我認為連魔法師的魔法都沾不上邊的蚩尤，也憤怒的提著獵刀朝著黑龍衝過去。

一瞬間，涿鹿之戰變成了決戰黑龍的舞臺。

但如果要用「決戰」這個字眼來形容，或許「單方面屠殺」這詞會更適合。

不要說是蚩尤了，就連公孫軒轅和姬軒轅的黃金劍氣炸出來都沒有效果。雖然黑龍停止攻擊後，只是慢慢的朝著我們飛過來，但我想，與其說牠被這三人的攻勢打傻了，倒不如說是牠對這三個膽敢反擊的渺小存在產生了興趣，決定慢慢的陪他們玩一下。

黑龍根本沒有閃避，牠也不需要閃避，甚至不用防禦，就只是毫無防備的飛過來，任憑三人毫無作用的攻勢打在牠身上。

可是打了半天，牠的HP還是毫無損失。

或者該說，假設牠一秒可以恢復十萬HP，我們現在的攻擊一分鐘也才打一萬出頭，打的速度比牠回血速度慢太多，所以牠根本無所謂。

「張三！你還在發什麼呆！？」

公孫軒轅突然回頭對我大喊：「你還看不出來嗎？不努力抵抗，難道要眼睜睜看著所有深愛的事情被這東西毀滅？出手啊！」

公孫軒轅這一喊像是有魔力一樣，將我喊回神了。

沒錯啊！現在這條黑龍，是上古時代的黑龍啊，再恐怖又如何？我有歷史雷我超強啊！起碼我肯定黑龍出現在這年代並沒有就此毀滅世界啊！

於是，我閉上眼睛，深呼吸一口氣，將體內的靈氣提升到最高境界，然後——

「軒轅劍法．無限！」

在這一瞬間，我打出的黑色劍氣，一化百、百幻千、千變無限！最後變作一條由黑色劍氣組成的巨龍，張嘴對著半空中的黑龍咬了下去！

這一下消耗了我大半的靈氣，在我劍氣消散的同時，我差點直接躺到地上！雖然沒有直接躺下，卻也氣喘吁吁、用單膝跪地的方式看著天空。可是我絲毫不敢鬆懈，因為我知道，那條黑龍不會這麼簡單就被我打倒。

但是，牠卻不見了。

那條誇張大的黑龍，被我的無限劍氣轟炸完畢，竟突然消失得無影無蹤，彷彿牠從來沒有出現過一樣。

唯一可以證明牠存在的，居然是根本無跡可尋的「壓迫感」！

而且，這壓迫感不但沒有消失，反倒更加強烈。

「……為什麼？」

就在這個時候，一道我沒有聽過，但卻直接觸動我內心最深處的聲音，從我背後傳來。這聲音觸動的部分，不是別的地方，而是我內心最深處的恐懼。

我立刻站了起來轉身向後看，結果面前竟然空無一物！突然，一雙手臂從我身後伸出來抱住我！那是一雙很漂亮的手臂，上面畫滿了像是花紋一般的黑色刺青；唯一跟人手不一樣的部分是，那指尖是「尖」的，就像爪子一樣。

而這爪子，正牢牢的抓在我的胸口，刺出五個血洞。

「為什麼？」

女孩子的聲音又從我耳邊傳來。其實這聲音很好聽，但我就是很害怕，沒來由的害怕。而且我也注意到，她幾乎沒有體溫可言，好像屍體一樣，冷冰冰的。

當我正疑惑時，兩道黃金劍氣再度劈砍過來，我也趁機用劍指往身後一戳。不清楚是哪邊的攻勢奏了效，總之，我是順利掙脫了那女孩的擁抱。

我再一次的轉身，終於有幸能得見其尊容。

那是一個表情冷若冰霜的美麗女子，我沒有看過的不知名女孩。她的臉上、身上到處都是漂亮的黑色花紋刺青，她的背上有兩片與惡魔一樣的黑色肉翅，還有一條非常搶戲的黑色尾巴；她的耳朵是和精靈一樣的長耳朵，頭頂還有兩隻凶猛的犄角。

如果硬是要我再描述得更好懂一點，那就是有點像是《魔獸世界》的德萊尼，然後耳朵和角長一點，胸部大一點，臉長得更正一點，而且沒穿裝備。

不對，她根本連衣服都沒穿！

但現在不是專心看人家巨乳的時候啦！

我比出雙手劍指，對著那女子揮出兩道黑色的劍氣。如此近距離的劍氣轟炸，竟然將那女子炸飛！

面對氣勢如此之強的勁敵，一擊得手讓我自信心建立起來，我立刻再趁勝追擊，腳底發力，一個箭步衝了過去，用「軒轅劍法．曜日」跟那化作女子的黑龍做近距離決戰！

結果，我才剛對著她的眉心刺出第一擊，馬上就有一個來自神奇角度的超快反擊。當我才剛看清楚那是她的尾巴的瞬間，下一秒我就已經飛在半空中，口鼻鮮血直噴。

我在空中翻了一圈，安然落地後看著那女子。這才發現，不管是我一開始的無限劍氣，或是剛才打出的殘月劍氣，甚至是最後那無功而返的曜日劍氣，我都完全無法在她身上刻下一絲絲的傷痕。

這讓我感到更恐怖的震撼。

就算不提無限，我自認我剛才所有的攻勢都可以直接劈死一個普通、甚至是中上程度的魔法師。結果竟然都沒辦法對這女子造成一絲傷害！

「呵呵……」

女子搖搖頭，竟然笑了！她笑得好詭異好靠盃，好像在笑我真是一個廢物一樣。

於是我不爽了，憤怒的一連對著她又劈出好幾道黑色劍氣，但每次攻擊都沒有擊中。

而且，不是她閃了，是我沒打中。

就很像是藤原綾她老爸——我說的是現代的那個生父——李永然的道家必閃大絕招「禹步」一樣！看起來不是她閃開，而是我自己打偏了一樣。

「幹！我才不信……」

我話還沒說完，旁邊突然有一道黃金劍氣劈來。而這道黃金劍氣，竟然直接精準的命中了黑龍！

雖然沒有造成傷害，但黑龍斂起笑容，想必這已造成她心情上的不爽。

我一看這可能有搞頭，就對著旁邊的兩個軒轅大喊：「快劈啊！這傢伙的『禹步』只能對付其中一個的樣子！你們快把她劈倒啊！」

他們兩人當然不懂「禹步」是啥，但他們很明顯聽懂我想幹嘛，便也不做保留，對著黑龍揮出一道又一道的黃金劍氣。我也沒閒著，配合著他們的節奏，跟著再炸出黑色劍氣。這一黑一黃兩道劍氣不斷的往黑龍身上招呼，打得不輸101跨年煙火一樣囂張華麗。

但是，黑龍依然不痛不癢。她把「禹步」用來專心的對付我，身體任憑兩個軒轅的劍氣劈砍，結果一樣，沒有對她造成任何傷害。

雖然沒有受傷，但是，她煩了。

「該我了。」

說完，黑龍的大肉翅突然張開，揮出好幾道往不同方向而去的扇形黑色劍氣！這好像「軒轅劍法·殘月」一般的劍氣，不管威力、速度還是氣勢，都比我的還要猛上好幾倍，更不用拿兩個軒轅那像是初學者一般的小劍氣來比較了。

看到這一幕，我立刻張開方圓，然後衝到軒轅兄妹的身邊，替他們擋下了扇形劍氣。

但才擋這麼一下，整個方圓的劍圍就被震到潰散！要不是黑龍沒有劍氣連發，剛才那一瞬間，我們三個人早就死了。

但，我們三人以外的部分，就真的死了。

黑色扇形劍氣並不只朝著我們轟炸過來，而是以黑龍為圓心，朝四周擴散開來。所以那些我沒有擋到的部分，只要沒有剛好閃開，就統統變成一堆碎片。

是的，碎片。

這讓我突然緊張了起來。

在黑龍出現後沒多久，蚩尤因為沒有能用得上的遠距離攻擊武器，所以便提著獵刀，哇啦哇啦的一邊怒吼一邊朝著黑龍奔跑過去。

意思就是說，我們在這邊打得天昏地暗的同時，蚩尤他並不在現場。

再換句話說，我的方圓，這次罩不了他。

黑龍看著我，突然露出了笑容。我不知道她在笑什麼，只見她再度張開肉翅，振翅一拍，飛上了天。接著，她在半空中環顧了一圈，然後低頭看著我，伸出一手，指著九黎蚩尤部落的方向。

最後，她露出了一種挑釁的笑容，便往那裡飛了過去。

一看到她最後的笑容和飛行的方向，我就大感不妙。不要說是那邊現在只有老弱婦孺，就是把全九黎的勇士都集中在部落裡，搞不好連黑龍十秒的攻擊都撐不過去！

我立刻追著黑龍的方向跑，用上軒轅心法加快腳程，還不僅只是加快而已，我現在的速度快得就像一輛車，時速起碼一百三。同時，我也不斷的對著半空中揮出黑色劍氣，想要拖延黑龍的速度，但可惜這些都沒什麼屁用。

很快的，我們便跑到了路途上會經過的第一個村落。

「大家快跑啊啊啊啊啊！」

黑龍的速度比我略快，所以即使我快到了，我還是來不及衝進去張開方圓劍圍，只能邊跑邊大喊著要大家快跑。

然後從半空中，一道又一道的黑色扇形劍氣殘忍的灑落，在地上炸裂開來。

十秒——我估計的太久了，不到五秒的時間，一座曾經如此活潑的村子，就這麼變成了一片黑暗。破碎的帳篷、不分男女老幼的屍體，地面上到處都是。沒死的小孩子拉著只剩下上半身的母親，哭著問媽媽為什麼不說話；一個還不知道發生了什麼事情的男孩，眼睜睜看著自己的雙腿被黑色劍氣劈斷。

比地獄，更像地獄。

「呵呵……」

就在黑龍又笑出來的時候，一道黃金劍氣再度炸中她的翅膀。當然，還是一樣對她沒有造成損傷，可是成功的打斷她的笑聲。

我回頭一看，兩個軒轅竟然跟著過來了，甚至連蚩尤也氣喘吁吁的衝了過來。

黑龍不屑的悶哼一聲，再度往蚩尤部落的方向飛去。

「大哥！你快回家，把嫂子們和綾兒都先帶去安全的地方藏好！」一看黑龍又飛走了，我趕緊跟上，顧不了把事情仔細交代完全，只能邊跑邊對蚩尤吩咐。

至於那條黑龍，就交給我吧！

⊕⊕⊕　　⊕⊕⊕

很快的，第二座村子又到了。

當然，在天空飛的黑龍肯定會比在地上跑的我速度還快，所以我仍舊只能眼睜睜看著一個村子的消滅而無能為力。但我沒有因此停下腳步，反而再把「軒轅神功」提升到極限，甚至超越極限！

我狠下心，沒有去管路上的毀滅、破壞、死亡和哀傷。

我的目標只有一個，在黑龍殺到蚩尤部落之前，把她攔截下來。

公孫軒轅和姬軒轅像是知道我在想什麼，也停止邊追邊打的無意義行為，一路跟著我狂奔，就是希望可以反過來趕到黑龍面前，攔截這個王八蛋。

幸好黑龍得了一種不把路上可以看到的有機生物消滅就會死的病，雖然她消滅一個村莊花的時間大概不到五秒，加上她欣賞人們死亡的時間總計也不會超過十秒，但路上這樣拖啊拖的，我們三人反過來超過她飛行的速度，搶先抵達了下一個村子。

喔對了，是四人，因為蚩尤竟然也跟回來了！這不是因為腎上腺素真的太威猛，就是他其實會瞬間移動啊！

在我們前腳剛踏進村子口，回頭準備要看天向空的時候，才注意到蚩尤也出現了。

「大哥！快回去把綾兒和嫂子們都帶走，這邊交給我們。」我對蚩尤大喊著。

蚩尤倒是沒有不服氣，大概他已知道現在情況不是他可以控制的，便點點頭，然後快速的跑往村子裡，直接扯開喉嚨對裡面的人高喊：「快跑啊！」

「蚩尤。」但就在這時候，公孫軒轅卻叫住蚩尤，然後說：「跑不動的就放棄掉，以免拖累大家。」

這句話讓蚩尤又停下腳步，回頭看著公孫軒轅。看得出來蚩尤有點不爽這句話，但其實公孫軒轅說得沒錯，所以他也沒說什麼，轉頭就又衝去疏散村民，並且一路往自己家的方向跑去。

然而，那種如同死神降臨一般的壓迫感，就在此時，鋪天蓋地襲來。

我立刻祭出雙手劍指，雙眼緊盯天空，就看到黑龍她慢吞吞的飛了過來。她不疾不徐的飛著，像是在欣賞風景一般，但這無損她給人的壓迫感，反而還有種藐視眾人、君臨天下的感覺。

黑龍緩緩的飛到定點，飄在半空中看著我們三人。接著她眼神稍微往上移，我就知道她在看向我們身後的那些老弱婦孺。

「……不跑了？」

還是一樣，雖然她講話的內容很一般，語氣很平穩，卻依舊觸動我內心深處的恐懼。但我沒有被恐懼壓過，而是將所有的靈氣聚集到雙手劍指上。我也沒有回答，就只是瞪著黑龍。

黑龍嘴角微微上揚，輕輕笑了一聲，點了點頭，好像知道了些什麼。

然後，她雙翅一張，好幾十道黑色的扇形劍氣猛地轟炸出來！氣勢猶如隕石墜地，光看就知道，被其中隨便一道劍氣掃到，都會落得死無全屍的下場。

但我們這邊也準備好了！

「軒轅劍法．方圓！」

幾乎是在同時，我和軒轅兄妹，三人異口同聲、默契十足的一起使出方圓！黑色、金色的劍氣交織出一圈又一圈的劍圍，密不透風，連螞蟻都進不來的巨大防護盾瞬間張開！

然而，集我們三人全力施展出來的方圓，卻在黑龍扇形劍氣的轟炸之下被震得完全潰散，甚至還將功力最淺的姬軒轅震得往後飛去！但公孫軒轅也不好過，嘔出一大口鮮血，單膝跪地，用夏禹劍撐著身子，看來也受了內傷。

就連我也是。

方圓劍氣是由我的劍指揮出，被震潰之後，直接第一個被衝擊到的就是我的劍指。我雙手的食指和中指都能聽見骨折的聲音，胸口也感覺一股氣血翻騰，只是還不到公孫軒轅那麼嚴重，算是能撐得住。

甚至骨折的痛，我也咬著牙，用軒轅心法硬把它壓下去。

黑龍還在半空中，她非常寬宏大量，沒有在我們方圓被轟爛的時候補上幾腳，讓我們死到不能再死，但飄在半空中的她表情很明顯有了變化。原本還算是掛著微笑的她，此時臉卻臭了起來。

「為什麼，你要做到這種程度？」

我深呼吸一口氣，將我原本已經運到極限的軒轅心法再往上翻了一番。

為什麼我要做到這種程度？

該死的，那三個應該要出來挑戰黑龍的倒楣鬼上哪去了？

不是應該是公孫軒轅、姬軒轅，還有一個某人嗎？

還有一個某人到底是誰啊？

……這問題還用問嗎？

第三個，最後那一個該死的倒楣鬼，不就是我嗎？

在我背後的是什麼？是我們部落的人啊！是蚩尤大哥、三位嫂子、蚩黎蚩晴兄妹，還有我老婆啊！

一直到這一刻，我終於想清楚了。

為什麼歷史沒有被我改變？為什麼很多事情是需要我來推動才會進行？很明顯啊！那是因為，這一段歷史本來就有我參與其中啊！我的人生就是一個無窮無盡的迴圈啊！當我活到這個歲數的時候，會因為打不贏面前這條黑龍的屬下而再循環一次……一次又一次的循環，為的就是能夠在未來的某次循環裡，打倒面前這條黑龍啊！

為什麼我要做到這種地步？

「喝啊啊啊啊啊！」

我對著半空中的黑龍大吼著，將運行全身的靈氣再一次放射出去！這是自我學魔法以來，最強大的一擊！「軒轅劍法．無限」的無限劍氣，再度炸裂！從我雙手劍指不斷劈出的黑色劍氣，如同有自己的生命一樣，對著半空中的敵人張嘴撕咬過去，誓要將那敵人消滅！

「轟——！」

無限劍氣完美的擊中了飛在半空中的黑龍，在空中炸出黑色的焰火，畫出一朵豔麗的黑花。

但是，黑龍還是沒死。

她用翅膀把自己包覆住，竟然一點傷痕都沒有！接著她張開翅膀，在半空中冷漠的瞪著我。

「……沒有用的。」

說著，她的尾巴突然一揮，一道像雷射光束般的黑色光箭，就這麼直接貫穿了我的左肩。其速度之快，更讓人無從閃避，在我還沒回神時，肩膀就多了一個大洞。

「嗚啊！」

這一下讓我痛得只能緊抱著左肩跪下。

就在這一瞬間，黑龍已然降臨在我面前。她高高在上，像女王一般的俯視著我。

「這是給你一點教訓。讓開，現在。」

「……去死。」我忍痛說著，然後往後退了一步，同時右手劈出黑色劍氣。

「想要我退開只有一個辦法！」

站穩腳步，我再度將全身靈氣聚集到右手劍指上。

「那就是踩著我的屍體走過去！」

說完，我右手閃電出擊！曜日劍氣纏繞在劍指上，讓手指被黑色的氣團圍繞，直取黑龍胸口而去。

但黑龍更快！

「啪。」

在劍指即將捅進黑龍胸口的時候，就只差那麼一、兩公分的距離，黑龍出手扣住了我的手腕。然而，我並沒有放棄這次的攻勢，軒轅劍法立即變招成殘月劍氣，超近距離的對著黑龍的胸口轟炸！

「嗚！」

「嗚啊啊啊啊啊！」

在黑色劍氣炸裂的同時，黑龍吃痛，手便用力的握緊，一瞬間就將我的右手手腕捏碎，廢掉我的右手。但我不是完全徒勞無功，如此近距離的轟炸，終於、總算成功的在黑龍的胸口留下了傷口。

……大概直徑不到一公分的小破皮。

「哼！」

黑龍憤怒的甩開我。這輕描淡寫的一甩，就把我像是一件垃圾一樣，拋了將近兩公尺遠。她胸口那塊小破皮在不到一秒的時間就復原成原本的樣子，但是她脆弱的心靈卻沒有恢復得這麼快，被我弄破皮的這件事情讓她非常不爽，不爽到需要做些事情來發洩心中的怒火。

於是，她左邊的翅膀一揮，一道超巨大的扇形黑色劍氣便朝著村子的方向轟去！僅此一擊，就將整個村落掃平，變成歷史的塵埃。

然後，她仰天大吼一聲，跳起來在半空中變回龍型，朝著蚩尤部落的方向飛去。

「不要……啊啊！幹！」

一看黑龍還繼續往蚩尤部落的方向飛，我顧不得身體的痛楚，趕緊爬起來，再度運行軒轅心法，想要提升自己的奔跑速度。可是經過剛才那一戰，我身體的痛楚、靈氣的消耗，都讓我沒辦法再以最佳狀態飛奔，所謂的提升速度，也才不過快了一點點而已。

這根本趕不上黑龍的速度。

因此，當我回到蚩尤部落的時候，迎接我的，是一片滿目瘡痍的景象。

這裡不像是剛才那個村子，被憤怒的黑龍直接掃平。黑龍使用了別的方式毀滅這裡，從地面那大小不一的隕石坑還有焦黑的土地來看，她大概是在半空中用龍吐息噴火的方式來蹂躪這片區域。

我在內心祈禱著。

我不知道剛才我們三人拖了黑龍多久，但……就算蚩尤再神勇，理智上我真的不認為他能夠成功的疏散這裡的所有人。是的，就算是放棄了跑不動的老弱婦孺，我也不認為他會成功。

但我希望他能成功。

起碼那些我熟悉的人，能夠活著。

⊕⊕⊕　⊕⊕⊕

只是，這個願望在我走到村子最尾端的出口時，被狠狠的打碎了。

這邊躺了好幾具屍體，有破碎的，也有完整的。看得出來蚩尤已經很努力的跑到這裡，也很努力的疏散群眾，因為這些人都是從後方被擊斃的。

我不敢去看那些人，那些曾經生活在我身邊，甚至可能就住在我隔壁，每天晚上都等著看我和藤原綾的好戲，或者想把我家Ｑ貝抓去煮火鍋的白目，搞不好就躺在我腳邊。

我只是慢慢的，一步一步的走到屍體的最尾端去。

那裡還有一些大難不死的人，甚至我還發現有幾個人躲在樹林裡，雖然沒什麼重傷，但都受了很大的驚嚇。這裡瀰漫著悲傷的情緒，哭聲與慘叫聲此起彼落，交織出一首名為絕望的曲子。

但在這片絕望之中，我看到了一點點希望。

我終於看到我想找的人。

我看到Ｑ貝、藤原綾、公孫靜，甚至是抱著小孩的韓太妍。雖然對於其他破碎的家庭有點抱歉，但看到這些人沒事，我真的有種鬆了口氣的感覺。

「……老公？」

藤原綾抱著Q貝，在一次不經意的回頭下發現了傷痕累累的我。一看到我變成這樣，她眼淚馬上飆了出來，顧不得自己的身孕也要跑到我面前來擁抱我。但當她離開了原地，我才從人堆的縫隙中，看到了另外兩個我想看的人。

蹲在地上哭得唏哩嘩啦的慕容雪，還有……抱著蚩黎屍體，想哭但哭不出來的蚩尤。

我愣了一下。

我無意識的慢慢走到蚩尤的身邊，傻愣愣的看著他們，還有在蚩尤懷裡，冰冷蒼白的小蚩黎。

慕容雪一直在哭。不只是她，韓太研、公孫靜和藤原綾，或者該說，幾乎全部的人都在哭。但我卻突然覺得好像一點聲音都沒有，世界安靜了下來。

前一陣子老是纏著我玩，那個最愛抱著我大腿要我教他力氣變大的方法，甚至前幾天還躺在我和藤原綾中間睡覺、說可愛夢話的小男孩。

死了？

「……幹……」

不知道為什麼，脫口而出的竟然是這個字。

可是，就，幹啊！為什麼？為什麼會變成這樣的情況？

我這麼一聲幹，讓慕容雪注意到我的存在。她立刻從蚩尤手中搶過蚩黎的屍體，然後跪著爬到我面前，磕頭。

「張三你救救他……我的黎兒啊……你知道他最乖了……嗚嗚……你救救他……嗚……」

慕容雪一邊哭，一邊把早就冰冷、僵硬，連一絲體溫都沒有的蚩黎塞給我，要我像上次救公孫靜那樣，救醒蚩黎。

事實上我也真的接過蚩黎，用我早就動不了的雙手，抱著這我曾經擁抱過很多次的可愛小孩，試著用軒轅心法把我的靈氣輸進他的體內。但過往幾次救人，都是在人快死甚至是剛死沒多久，這次塞給我的，已經是個死亡多時、連體溫都沒有的屍體，我的靈氣就像是被海綿吸走一樣，完全沒有得到任何來自蚩黎體內的共鳴。

沒有共鳴，當然也無從救起。

對，蚩黎死了。

我一直到這時候，才敢確認這件事情。

我搖搖頭，看著慕容雪表示我沒辦法救他，因為他已經死了。慕容雪完全不能接受這件事情，拚命的搖著我，要我快點救救她的黎兒，直到最後，蚩尤走過來把蚩黎的屍體從我手上抱走，慕容雪才轉移目標，跑去跟蚩尤爭論。

「張三就快要把黎兒救醒了……你不要把我的黎兒帶走啊……」

蚩尤沒有說話，表情也沒有很難過的感覺，看起來就只是很悶而已，連滴眼淚都沒有流。他轉頭看著韓太姸，語氣很平穩的說：「姸兒，妳帶大家去別邊躲著，好好照顧靜兒還有我們的晴兒。妳最懂事，這裡就交給妳了。」

突然被交代了這件任務的韓太姸，收起哭聲，緊抱著蚩晴點頭。不過，她還是追問蚩尤：「酋長……那你？」

蚩尤沒有理她，只是給她一個充滿歉意的笑容。然後他轉身走開，對我說：「張三，我們走。」

聽到蚩尤要我跟上，我立刻跟了過去。慕容雪也趕緊收起淚水，綻開像是看到希望一樣的笑顏，跑到蚩尤身邊，還對著蚩尤懷裡的蚩黎笑著說要他再睡一下，等等張三叔叔就會把他叫醒了。

但我聽得出來，蚩尤不是這個意思。

所以我對藤原綾說：「老婆……妳也跟嫂子去躲好……」

藤原綾抱著Q貝，看著我，說：「老公，我說了我……」

「我知道。」

我打斷她的話，因為我知道她要說什麼。所以我說：「但我不想要這樣。老公沒啥可以留給妳的，就那隻Q貝……還有妳肚子裡面那個可愛的小孩。就，呵呵……其實我不叫張三，我姓陳，叫佐維。如果可以的話，妳就讓那個我看不到的小朋友姓陳吧。嗯，就這樣，我還有些事情要去處理。掰掰～」

「老公！」

在我要離開的時候，藤原綾又叫住我。她知道我這次離開，我們就不會再見面了。

她哭了，很傷心的哭了。

「……老公，不管你在哪裡，我一定都保佑你戰無不勝……我一定會保佑你的！」

我愣了一下。

然後，我點點頭，笑著說：「我知道，因為妳是我的幸運女神！」

藤原綾笑了出來。

「我很高興，能做你的老婆。」藤原綾抱著Q貝，笑著說：「我真的，最愛你了。」

「能跟妳在一起，真是太棒了！」我點點頭，說：「我也最愛妳。下輩子，我們還要在一起。」

說完，我就快步跟上蚩尤。

⊕⊕⊕　⊕⊕⊕

從後面看過去，這畫面還是很熟悉。

蚩尤抱著玩累了在睡覺的蚩黎要回家，慕容雪跟在旁邊，深情的望著自己的丈夫和兒子。這畫面我幾乎每天都看得到。現在這畫面雖然重現，但感覺卻完全不對了，尤其是此時邊哭邊笑的慕容雪，還有那幾乎舉步維艱的蚩尤，越看越叫人心酸。

我們來到了藤原綾的村子。

「張三，大哥說過，要替你造一把劍。」蚩尤邊走邊說著。

他直接穿過村子，直走到後方的大熔爐。不知道為什麼，這個熔爐竟然還是熱的，好像已經準備好要來造劍一樣。

「……你要做什麼？」看到蚩尤的目的地竟然是這裡，慕容雪停下腳步，抓著蚩尤的手，不敢相信的說：「你不是要帶黎兒去安全的地方，讓張三可以施法救人嗎？你來這裡做什麼？你要做什麼啊！」

蚩尤抱著蚩黎的屍體，轉頭看著慕容雪，同樣丟出那個充滿歉意的笑臉。只是對比剛才，此時他的歉意更深，答案也更簡短——

「造劍。」

說完，他把蚩黎的屍體丟進熔爐裡。

「張三，還記得我跟你說過，這裡發明了一種全新造劍的方法，能使造出來的劍又利、又堅固嗎？現在，大哥就替你造一把最鋒利最堅固的劍，讓你可以拿著這把劍，去打倒那隻怪物，去保護身邊的人……」

「……不要像我一樣，沒用。」

最後這句話說出來，蚩尤終於哭了。他哭著拿起旁邊的鎚子，敲打著神劍的原形。叮噹噹的聲音規律的響起，伴隨著他的淚水，像是要將靈魂敲進劍中一樣。

我又看著旁邊的慕容雪，從蚩黎的屍體被丟進熔爐的那一刻，她就像洩了氣的皮球一樣，傻了。直到敲劍的聲音響起，她才又笑了出來，那笑容好悲哀，真的悲到底了。

——可是，好美。

「張三……就跟酋長說的一樣……你一定要打倒那隻怪物喔！」

慕容雪笑著說完，再說了句「黎兒，不要怕。媽來陪你了。」後，自己也跳進熔爐，跟蚩黎一起消失。

叮噹的造劍聲音還沒結束，憤怒、悲傷和自責等各種情緒從蚩尤孤寂的背影裡傳來。

「張三，好好利用這把劍，打倒那傢伙吧！」

蚩尤說完，轟的一聲，一把全新的神劍往天上飛了出去！朝著某個不知名的方向飛去，像是追逐著黑龍的行蹤一樣。

與此同時，整個世界也突然變成一片空白。

熔爐、慕容雪、蚩尤什麼的，統統消失。變成像是電影《駭客任務》裡面，程式與程式相接之處，那種什麼都沒有的空白一樣……

⊕⊕⊕　　⊕⊕⊕

「所以，你記起我的名字了嗎？佐維。」

我緩緩的回頭，看著那好久沒看到的軒轅劍劍靈的身影。我的淚水慢慢的滑落。就看他逐漸的從蒼老，慢慢的變回一個小孩。

「你知道的，你曾經呼喚過我，我以為你想起來了。結果你卻還是用『軒轅劍』的名字叫我，我當時很難過呢。不過，經過了這麼久，我想你一定沒這麼容易想起，所以我也釋懷啦！要不然早在那時候，你就已經死了呢！」

我哭著點點頭。

他不是什麼軒轅劍。

這是我專用的神劍。

他叫「蚩黎」。

「對不起，我又失敗了。」

我蹲到蚩黎身邊，緊緊的抱著他，哭著說：「我沒辦法打倒黑龍，保護世界。甚至在這一次，我連黑龍的部下都打不贏就死了……我對不起你……」

蚩黎雖然現在是個小孩的樣子，但他反而像是大人一樣拍著我的背，安撫我說：「沒有關係，沒的事，你沒有失敗。應該要說，你還沒失敗。」

「我失敗了啊……我已經想通了。不管怎樣，我的人生就是會一直輪迴重來，一直回到我跟你相遇的時刻，一直挑戰黑龍，直到我獲勝啊！可是這次我又失敗了……」

「不是這樣的。」蚩黎推開我，聳聳肩，說：「其實，你還在現代。這半年多的時間，只不過是一場……夢。」

「啊？」

蚩黎抓抓頭，笑著說：「這是一場夢。我帶你回到我的時代，讓你親眼見證我的誕生，以及讓你感受黑龍的威力……最重要的是，讓你可以面對自己的命運……」

「等一下、等一下。」我搖搖頭，還是很不敢相信的問：「你說這只是夢？這也太真實了吧！」

「這是一場夢沒錯……是用我的記憶去造出來的世界。但畢竟已經經過這麼久了，所以很多事情我都忘了，就只能從你的記憶裡抓東西出來補充。」蚩黎解釋道：「所以，其實我一直以為你很快就會發現這裡只是一場夢。比方說，你都不覺得跟你碰面的人，長得都跟你認識的人一樣嗎？」

「靠！我以為那些人是他們的祖先啊！」

蚩黎搖搖頭，說：「不是的，裡面只有三個人的臉孔不是從你的記憶裡抓出來的。第一個是我爸，第二個是我，第三個就是那條黑龍，其他人則都是用你記憶中應該對應到的臉孔造出來的。比方說我媽和兩個阿姨就是阿雪她們；至於嬸嬸，因為是你的妻子、你最愛的人，所以是藤原綾，就像這樣的意思。」

「你難道都沒發現嗎？甚至是不重要的路人，你現在想想，有沒有誰的臉是你記得起來的？不都是一片模糊嗎？而且因為是在夢裡，所以當你要從一個地方移動到另外一個地方，中間的過程不是幾乎都沒有印象嗎？」

聽到這邊，我突然覺得頭有點痛，於是揉著頭問：「那……所以這只是一場夢？不是真的了？我是說，這些事情都不是真的？」

蚩黎搖搖頭，說：「有點不太一樣。我的意思是，因為這是用我的記憶造出來的，所以基本上這些都是曾經發生過的事情。在上古時代，這些事情真的發生過。」

「所以歷史不是沒有改變，只是因為我沒有回到過去，而這只是一場你讓我用夢去體會到的真正的歷史片段？所以其實我是在做夢？就好像……呃，看電影？類似這個意思？」

「嗯，是。」蚩黎點點頭，說：「所以現在你知道了過去，我們也該……」

「等等，我還有一個很重要的問題。」

在蚩黎要說下去之前，我抓著頭，思緒非常混亂的問：「你說，雖然這是一場夢，但我所經歷過的這一切都是真的有發生過，對吧？」

「嗯。」

「那……」

我指著自己，問：「那，『張三』到底是誰？」

NO.009

上古時代的真相原來是……

我原本以為，是我回到了上古時代。

一個擁有超強靈氣的現代人回到上古時代，就是為了一個無限輪迴的命運，為了挑戰黑龍。所以，一開始我戰戰兢兢的不敢做太多事情來破壞我所熟知的歷史——事實上也不算熟知，但起碼有些有印象的，我都不敢插手。

可即使如此，在不得已或者偶爾腦子燒壞的衝動之下，我還是幹了很多不應該在那年代發生的事情。

一樁一樁細數，好比我一開始就可以一拳打「斷」一棵大樹；我設計出搞不好是人類史上第一把的劍——夏禹劍；我讓公孫靜起死回生；甚至當初狐仙娘娘提過的，決戰黑龍的三人之中，我也參與在裡面。

沒錯，假如這一切都是因為我回到上古時代去，經由我的行動而造成的，那其實也沒多不合理。但奇怪的事情在於，根據蚩黎的說法，這些事情並不是因為我去了上古時代才發生，而是上古時代本來就有這樣的事情。

有個「張三」，他可以一拳打斷大樹，設計出夏禹劍，讓公孫靜起死回生，還去決戰黑龍。

對，問題來了。

這個張三，到底是誰？

在那個年代，就算是天才如公孫軒轅——姑且不管他是不是真如我夢中那般天才，但我猜應該比蚩尤猛——也沒辦法完成的事情，竟然有個超越整個時代水平的人可以完成。仔細想想，這個人到底是誰？為什麼這麼厲害的人，卻沒有被我所熟知的「歷史」記載下來？

「我不知道。」蚩黎聳聳肩，雙手抱著後腦，露出一副死小鬼的表情，說：「我不知道張三是誰。因為那個時候，根本沒聽過這名字。我也不知道為什麼你要用這名字，因為那時候，你向我們介紹的時候，你就說你叫陳佐維了。」

「喔，所以沒有張三，是陳佐……咦？」

我大吃一驚，指著自己的鼻子說：「陳佐維？」

「是啊！不過，不管是張三還是陳佐維，在那個年代，都算是很奇怪的名字。可是其實你這個人更奇怪，太多秘密了，所以我們也沒有想太多。」

「秘密？什麼意思？」

蚩黎笑著說：「就你一開始說的，你撞到頭，記憶不清楚啊！」

「蛤？那個年代的陳佐維還真的有撞到頭？」

蚩黎越說，我越覺得如墜五里霧中，根本搞不清楚。

那個年代，行走江湖的人是個叫做陳佐維的大帥哥。

我疑惑的看著蚩黎，問：「那……這個陳佐維是從哪裡來的？也是你們村落的人嗎？」

「我從一開始就說啦！你是從天上來的啊！」

「天……天上？」

看著我疑惑的表情，蚩黎還笑著說：「你大概不知道我是在哪裡找到你的吧？事情是這樣的啦！在發現你的前一天晚上，有個紅色的小星星掉了下來。隔天我爸叫我媽帶村民去那裡採集糧食，我也跟去，我就在那溪邊發現你了喔！」

說到這裡，蚩黎越顯興奮的說：「而且啊！你知道為什麼我沒有忘記我爸的樣子嗎？就是因為你啊！因為你長得跟我爸真的是一模一樣！從我變成劍之後，你就是我的使用者，你說我怎麼可能會忘記啊！」

蚩黎的話讓我的手指放不下來。

打從一開始，蚩黎說我從天上來的時候，我就一直以為是因為我「穿越」到古代。而聽說穿越者都是用奇怪的方式登場，別說是從天而降了，就是從地底冒出來的也大有人在，加上那並不是很重要的事情，甚至後來也沒有人提到，因此我根本沒有仔細去想想那句「我從天上來」的意義到底是什麼。

結果現在一聽，並不是因為我穿越到古代才會從天上掉下來，而是在當初那個上古時代，真的有一個陳佐維從天上掉下來！

那麼，那個陳佐維的真實身分到底是什麼？他當初到底是為什麼會掉下來？這變成了一個最詭異的謎團啊！

然後，蚩黎又說了另一件事情。

「而且，他神通廣大，比你在夢裡所做的，還要神奇。」

蚩黎拍拍自己的胸口，說：「要不是因為他，最後保住我的靈魂，讓我來輔佐你，這把劍也不會成為能決戰黑龍的最終兵器。甚至，會把你帶來這裡，也是他在四千多年前就算好的。」

「……幹，也太扯了吧？」

「其實不會唷～」

這個時候，蚩尤的聲音突然從我身後傳來。

我立刻轉過去，一看到那人，我就又傻了。因為那傢伙還真的是蚩尤！可是不對，他沒有蚩尤那麼強壯，他比較像……呃……

……像我。

我又回頭想問問蚩黎的意見，結果蚩黎竟然不見了。這個奇怪的空間就只剩下我和面前的這個「我」。

於是我再一次面對他。畢竟很多疑問，蚩黎搞不好也不懂，直接問面前這傢伙，說不定才會有答案。

所以，我問了第一個問題，也是非常白目的問題。

「……你是誰？」

那傢伙沒有直接回答我，而是笑著搖搖頭，說：「在我告訴你之前，要不要先坐下來，聽我說個故事？」

說也奇怪，這時候我們的身邊突然出現一組沙發和一張茶几，好像早就放在那邊，只是我一直沒注意到似的那般自然，一點也不突兀。

「喝水嗎？還是喝茶？喝酒？」

我搖搖頭，看著那又突然出現的茶具組，苦笑著說：「我……我不喝酒的，喝水就好。」

那傢伙有點無奈的笑著，說：「真可惜，不然我就可以表演一下把水變成葡萄酒的把戲了。」

說著，他把裝滿水的水杯遞給我，然後也給自己倒了一杯，喝了一口後，往椅背上一躺，用比較舒服的姿勢坐著，就開始說了。

「不知道多久以前，反正一定比你所認知的上古時代還早。在那個時候，有一顆漂亮、美麗的星球，統治那顆漂亮星球的人，是一對兄妹。有一天，有個叫做『破壞者』的不明凶手跑到那顆星球大肆破壞，將整顆星球毀滅殆盡。唯一倖存下來的，就只剩下那對兄妹，還有他們所率領的最後一點點人馬。」

「於是，為了報仇，他們一路追著那個破壞者！在宇宙中追凶追了好長一段時間，連剩餘的人馬也都全部犧牲了，他們總算成功殺死了那名破壞者。但最後，兄妹倆因為沾染上破壞者帶來的病毒，神智遭到破壞，變成了新的破壞者……」

「其實，並不只是因為破壞所帶來的快感，讓兩兄妹樂此不疲。最重要的是，因為在破壞、毀滅生命的當下，可以藉由吸收那些力量來強化自己本身，什麼年輕貌美啦、力大無窮啦，好處太多了。因此兩兄妹完全深陷其中，無法自拔。」

「這對兄妹的分工合作很簡單。由哥哥去巡察適合的星球，觀察過後確認有足夠的生命力量，再召喚妹妹過來，裡應外合，一起展開破壞行動。」

「事情很巧的，就發生在另外一顆同樣很漂亮的水藍色星球上。哥哥在降落的時候，因為意外而傷到了頭部，甚至因此失去了記憶，於是他在這顆星球上用全新的身分活著。總之，哥哥在這星球上度過了很長一段時間。靠著這星球上的人幫忙，哥哥有了自己的朋友、事業、家庭，他娶了當地的一個女孩子為妻，甚至還有了下一代。聽起來很神奇，但你就當作賽亞人和地球人可以成功結合生出下一代吧！」

「不過，不管做什麼，哥哥的腦子深處一直都有某個聲音，在提醒自己某件被遺忘的事情。最後，他終於想起來這件事情，那就是——他不是來這裡過生活，他是來這裡把這些事情都破壞的人。」

「但最早，會成為破壞者的契機，也僅只是被上一代破壞者汙染了而已。在這星球上安定的生活，洗滌了不少被汙染的心靈。有愛最美，希望相隨。總之，就算想起自己的目的是什麼，哥哥也不願意再一次成為破壞者，因為他是真心的愛上這片土地，愛上這顆星球。」

「……愛上那個人。」

說到這裡，那傢伙的表情有點黯淡下來。

但他很快又笑了笑，說：「接著事情就發生了。哥哥的好朋友，叫做蚩尤的一個部落酋長，他的妻子發生了瀕死危機。哥哥知道自己有本事能夠幫忙，就將身上吸收來的生命力量過繼一部分給那個可憐的女孩。這是好事，但這卻也是壞事，因為哥哥使用了生命力量，引起了還在外太空巡守的妹妹的注意。」

「是的，是因為哥哥的『召喚』，妹妹才會出現在這顆星球上，想要把這裡的一切都破壞殆盡。」

「但是事情已經跟妹妹所想的不一樣了。最大的不一樣就是，哥哥已經不再是破壞者，甚至還為了要保護這顆星球，對妹妹出手攻擊。其實哥哥也是很矛盾的，畢竟他要攻擊的對象，是跟自己在宇宙裡相依為命好多歲月的妹妹，所以一開始的攻擊，都只是示威性的轟炸在妹妹身旁，並沒有擊中目標。」

這讓我想到，剛才我在夢裡所有的攻擊，的確都沒有打中黑龍。原來，當初不是我打不到，而是因為我面前的這傢伙，他不想打。

也難怪黑龍看到我，一開口就是問我——**為什麼？**

那傢伙笑了笑，接著說：「沒想到哥哥這樣子要打不打的，卻真的激怒了妹妹。於是妹妹使用連哥哥都無法抵擋的威力，將哥哥身後所保護的一切統統消滅掉，包含他所住過的村子、他的鄰居，以及他結拜大哥的寶貝兒子。」

說到這裡，那傢伙嘆了口氣，說：「沒錯，我猜你已經聽出來了。我就是那個哥哥，而那條黑龍，就是我的妹妹。」

雖然我已經自己聽出來了，但從他口中證實，我還是倒抽了一口氣。

那傢伙無奈的笑了笑，又繼續說下去：「後來，我終於知道，我不打倒她，我所珍惜的一切都會被她消滅的。於是在蚩黎成了神劍之後，我帶著神劍，跟她展開一場生死決戰。最後的結果我猜你也很清楚，就是我力量用完了還是殺不死她，只能把她封印起來。而且還不是永久的，這個封印是會隨著時間流逝而弱化，遲早有一天她會解開封印，再度現身在這個世界上。」

「但當時，我的身體機能已經受到太多的破壞，我沒有辦法給予妹妹最後一擊。幸好在這個時候，我發現雖然身體會死亡，但我的靈魂卻因為過去吸收了太多的生命力量，而不會消滅，於是我便展開一場長達四千多年的計畫。」

「在那之後，我不斷的死亡、轉生，把我體內的生命力量，藉由不同的方式分享給這個星球上的人，好讓他們可以藉由這種力量，在未來能得到與我妹妹決戰的實力。你想的沒錯，這就是魔法的起源。」

「那麼，回到最開始你問我的問題吧！在不同的時代、不同的地點，我有不同的身分和面貌，他們有人稱我為悉達多王子，有人喚我做耶和華，有人叫我阿拉，也有人說我是天照大神。」

「但，有一個稱呼，是世界各地都通用的。」

那傢伙張開雙手，有點不可一世的說：「你可以叫我，神。」

「屁咧！」

我嘴巴張開的程度已經快要讓我的下巴脫臼了啊！靠！原本我以為我只是在聽一段太空幻想戰記，結果發現這傢伙還真的只是在自我介紹，而且那故事我也曾經經歷過。但最後的結論竟然是這傢伙是神？也太扯了吧！

那自稱為神的傢伙聳聳肩，說：「我知道你不太能接受，其實一開始我也覺得這樣好像有點難以讓人接受。不過這只是稱呼，或者，你也可以叫我導演。」

我已經不知道要說什麼才好了，傻愣愣的瞪著面前的導演，嘴巴一開一閉，半天說不出話來。

到最後，我只能擠出一個問題。

「那……黑、黑龍是你妹妹……那麼……那個倡跟……跟殺死我的小妹妹……是誰？」

聽了我的問題，導演眉頭一皺，嘆口氣搖搖頭說：「殺死你的小妹妹，是我和我妹妹生下的女兒。不過在懷她的時候，妹妹被破壞者感染，以至於生出來的小孩，從小就有這種破壞掉一切的傾向。」

「等、等一下！她是你女兒？還是你跟你妹生的？」

「喔，那個啊～地球人的倫理觀念，對我不適用。」

馬的，拿這句話來嗆我，我突然有種跟他認真我就輸了的感覺啊！所以我只好先不管那個小女生是誰，追問：「那、那倡咧？」

「倡是姬軒轅。」

「咦？」

聽到這令人訝異的答案，我心裡大驚，而且驚訝的點在於：「倡是女的？」

導演點點頭，說：「是，雖然她在現代是用『韓太賢』的身分登場，但那只是披著一張皮而已。事實上，倡就是當年的姬軒轅。不過她長得沒有你夢中那個督瑪公主這麼可愛。而她就是在那場大戰中被病毒感染了，才會變成倡的。」

「上古時代那些人的下場，其實就跟歷史上講的差不多，不過有件事情你可能會失望，就是我和我妻子的小孩，最後不姓陳。他姓公孫，而他也是【天地之間】第一任的族長。這也是為什麼，【天地之間】的靈氣系統會跟一般的魔力系統不同的原因。嚴格說起來，公孫靜她其實是我直系子孫。」

聽到這邊，我很無奈的問：「……那到底為什麼會選我？」

「嗯？」

我嘆口氣，說：「你剛才說，你把你的生命力量分送出去，是因為要讓大家可以有魔法來決戰黑龍，甚至就連小靜她也是你的子孫。隨便一個人都比我更適合來決戰黑龍吧？我只不過是一個普通的大學生而已啊！」

導演笑了笑，說：「呵呵……你剛才問我的問題我已經回答了。現在，相同的問題讓我來問你。你真的知道你是誰嗎？」

「幹！我就陳佐維啊！不然是誰？」

導演沒直接回答我的問題，他又往椅背上一躺，說：「你剛才說我可以從四千年前就算到你的出現，很扯，對吧？」

我點點頭，說：「對啦！馬的，這點我實在不得不承認你很神啊！」

「不過，這不是『算』的，這是我『安排』的。你會出現在這個世界上，是我安排的。你是完美繼承了我靈魂的繼承者……」導演挺直腰桿，指著我說：「沒錯，陳佐維。你，就是我。」

我又愣住了。

導演他不管我懂不懂，就接著說：「我知道你現在可能會覺得很不公平。但你想想，現在全世界的人都只能靠你了。想想剛才的夢境，想想你在面對黑龍時自己內心的獨白。陳佐維，維護世界和平，就是你生下來便注定好的責任和命運，你懂嗎？」

這番話讓我又想到剛才的夢，想到我為了保護自己身後的家人，所做出的努力和覺悟。

然後，我點點頭。

「記好這份覺悟。」

導演走到我身邊坐下，拍拍我的肩膀，然後在我耳邊輕聲說了一段話。這段話，讓我內心感到非常的震撼。

他又笑了笑，說：「佐維，雖然你和蚩黎還有這一切，都是我安排下來為了要保護這個地球所放置的種子，但是畢竟她是我妹妹，可以的話，我希望你可以……試著救她。」

「……嗯？」

「她畢竟不是壞人。也許，當初我們沒有被破壞者的病毒感染，這些破壞的事情便都不會發生。我相信她本性是好的。但這也只是我的希望，如果真的沒辦法，那……別忘記現在我跟你談過的事情，以及你所做好的覺悟。而這也是為什麼，我要讓蚩黎讓你經歷過這半年的原因。因為如果你只是坐在這邊聽我講，你不會有這種覺悟的……」

「好啦好啦！」我笑著打斷了導演的話，然後站了起來，說：「反正，維護世界和平是我從小到大的夢想。」

導演若有所思的看著我，然後點點頭，說：「那好吧……佐維，你快回去吧！這是我第一次跟你說話，也是最後一次了。快回去吧！你的幸運女神還在等你，別讓她等太久。」

說完，導演也跟著站了起來，然後用力的往我的胸口一推。這一推，我感覺胸口非常的疼痛，同時也響起一聲巨大的「怦咚！」聲響。

這是，我的心跳聲。

「最後，有件事情我想說一下。」

隨著心跳聲越來越強，這個夢世界也開始崩潰。

導演面帶微笑的看著我，說：「其實你身上的封印有時候會讓我覺得很難過。你知道嘛！微積分這玩意兒，是我某次轉生的時候，在十九歲那年發明的，結果再轉生成你，你竟然微積分三修！你根本對不起我啊！」

「幹！你根本不應該發明微積分啊啊啊啊！」

說完，夢的世界就徹底的崩壞了。

於是——我，回來了！

《魔法師與龍的千年輪迴》完

《現代魔法師07》全文完

敬請期待精采完結篇《現代魔法師08魔法師的終點與未來》

飛小說系列097

現代魔法師07

魔法師與龍的千年輪迴

出版者■典藏閣
作　者■佐維　繪　者■Riv
總編輯■歐綾纖
製作團隊■不思議工作室
郵撥帳號■50017206 采舍國際有限公司（郵撥購買，請另付一成郵資）
台灣出版中心■新北市中和區中山路2段366巷10號10樓
電　話■(02)2248-7896　傳　真■(02)2248-7758
物流中心■新北市中和區中山路2段366巷10號3樓
電　話■(02)8245-8786　傳　真■(02)8245-8718
ISBN■978-986-271-485-0
出版日期■2014年4月

全球華文國際市場總代理／采舍國際
地　址■新北市中和區中山路2段366巷10號3樓
電　話■(02)8245-8786　傳　真■(02)8245-8718

新絲路網路書店
地　址■新北市中和區中山路2段366巷10號10樓
網　址■www.silkbook.com
電　話■(02)8245-9896
傳　真■(02)8245-8819

典藏閣不思議工作室2013安利美特animate限定版

只要符合以下條件，就有機會獲得【現代魔法師超萌毛巾】1條——
準備與泳裝萌妹子一起清涼一夏吧！

1. 即日起至2014年6月20日止，在**安利美特**購買**《現代魔法師》全套八集**。
2. 在書後回函信封處蓋上安利美特店章，或是影印安利美特購書發票。
3. 將全套8集的書後回函（加蓋店章）寄回；若採影印發票者，請一併寄回發票影本。
   PS. 可以等購買完「全8集」後，再於2014年6月20日前，全部一次寄出。

☞您在什麼地方購買本書？☜

□便利商店＿＿＿＿＿ □安利美特 □其他網路書店＿＿＿＿＿

□書店＿＿＿＿＿市／縣＿＿＿＿＿書店

姓名：＿＿＿＿＿ 地址：＿＿＿＿＿＿＿＿＿＿＿＿＿＿＿＿＿＿＿＿

聯絡電話：＿＿＿＿＿ 電子郵箱：＿＿＿＿＿＿＿＿＿＿＿＿＿＿＿＿＿

您的性別：□男 □女 您的生日：＿＿＿＿＿年＿＿＿＿＿月＿＿＿＿＿日

（請務必填妥基本資料，以利贈品寄送）

您的職業：□上班族 □學生 □服務業 □軍警公教 □資訊業 □娛樂相關產業
□自由業 □其他＿＿＿＿＿

您的學歷：□高中（含高中以下） □專科、大學 □研究所以上

☞購買前☜

您從何處得知本書：□逛書店 □網路廣告（網站：＿＿＿＿＿＿＿） □親友介紹
（可複選） □出版書訊 □銷售人員推薦 □其他

本書吸引您的原因：□書名很好 □封面精美 □書腰文字 □封底文字 □欣賞作家
（可複選） □喜歡畫家 □價格合理 □題材有趣 □廣告印象深刻
□其他＿＿＿＿＿＿＿＿

☞購買後☜

您滿意的部份：□書名 □封面 □故事內容 □版面編排 □價格 □贈品
（可複選） □其他

不滿意的部份：□書名 □封面 □故事內容 □版面編排 □價格 □贈品
（可複選） □其他

您對本書以及典藏閣的建議＿＿＿＿＿＿＿＿＿＿＿＿＿＿＿＿＿＿＿＿＿

＿＿＿＿＿＿＿＿＿＿＿＿＿＿＿＿＿＿＿＿＿＿＿＿＿＿＿＿＿＿

＿＿＿＿＿＿＿＿＿＿＿＿＿＿＿＿＿＿＿＿＿＿＿＿＿＿＿＿＿＿

未來您是否願意收到相關書訊？□是 □否

感謝您寶貴的意見

印刷品

$3.5
請貼
3.5元
郵票

235 新北市中和區中山路二段366巷10號10樓

華文網出版集團　收

（典藏閣－不思議工作室）

魔法師與龍的千年輪迴

現代魔法師 07